CAVALO DE GUERRA

CAVALO DE GUERRA

MICHAEL MORPURGO

Tradução
Rodrigo Neves

Esta obra foi publicada originalmente em inglês com o título
WAR HORSE
por Egmont UK Limited, 239 Kensington High Street, London W8 6SA
Copyright © 1982 Michael Morpurgo
Todos os direitos reservados. Este livro não pode ser reproduzido, no todo ou em parte, armazenado
em sistemas eletrônicos recuperáveis nem transmitido por nenhuma forma ou meio eletrônico,
mecânico ou outros, sem a prévia autorização por escrito do Editor.
Copyright © 2011, Editora WMF Martins Fontes Ltda.,
São Paulo, para a presente edição.

1ª edição 2011
2ª edição 2012
7ª tiragem 2024

Tradução
RODRIGO NEVES

Acompanhamento editorial
Márcia Leme
Preparação do original
Célia Menin
Revisões
Helena Guimarães Bittencourt
Solange Martins
Edição de arte
Adriana Maria Porto Translatti
Produção gráfica
Geraldo Alves
Paginação
Moacir Katsumi Matsusaki

Dados Internacionais de Catalogação na Publicação (CIP)
(Câmara Brasileira do Livro, SP, Brasil)

Morpurgo, Michael
    Cavalo de guerra / Michael Morpurgo ; tradução Rodrigo Neves. –
2. ed. – São Paulo : Editora WMF Martins Fontes, 2012.

    Título original: War Horse.
    ISBN 978-85-7827-496-2

    1. Literatura infantojuvenil I. Título.

11-13051 CDD-028.5

Índice para catálogo sistemático:
1. Literatura infantojuvenil 028.5
2. Literatura juvenil 028.5

Todos os direitos desta edição reservados à
Editora WMF Martins Fontes Ltda.
Rua Prof. Laerte Ramos de Carvalho, 133 01325.030 São Paulo SP Brasil
Tel. (11) 3293.8150 e-mail: info@wmfmartinsfontes.com.br
http://www.wmfmartinsfontes.com.br

Para Lettice

Muitas pessoas me ajudaram a escrever este livro. Quero agradecer em particular a Clare e Rosalind, a Sebastian e Horatio, a Jim Hindson (veterinário), a Albert Weeks, ao falecido Wilfred Ellis e ao falecido capitão Budgett – os três octogenários do vilarejo de Iddesleigh.

NOTA DO AUTOR

NA VELHA ESCOLA QUE É AGORA UTILIZADA COMO salão comunitário, debaixo do relógio que sempre marcou dez horas e um minuto, há um pequeno quadro poeirento de um cavalo. O animal está em pé, um esplêndido baio avermelhado com uma extraordinária cruz branca na fronte e quatro meias brancas perfeitamente simétricas. Desolado, ele olha para fora do quadro, as orelhas levantadas, a cabeça voltada para o lado, como se tivesse acabado de se dar conta da nossa presença.

Aqueles que o olham de passagem, quando o salão é fechado para reuniões comunitárias, festividades agrícolas ou jantares sociais, veem apenas uma velha pintura a óleo de um cavalo desconhecido realizada por um artista competente, porém anônimo. A imagem lhes é tão familiar que não chama a atenção. No entanto, aqueles que se dão o trabalho de olhar mais de perto veem a seguinte inscrição numa placa de cobre, gravada em letras pretas desbotadas, embaixo da moldura:

Joey.
Pintado pelo capitão James Nicholls, outono de 1914.

Somente alguns moradores do vilarejo, poucos e cada vez menos conforme os anos vão passando, lembram-se de Joey como ele realmente era. Sua história está escrita de modo que nem ele, nem aqueles que o conheceram, nem a guerra na qual viveram e morreram serão esquecidos.

CAPÍTULO 1

MINHAS LEMBRANÇAS MAIS ANTIGAS SÃO UMA confusão de campos montanhosos, baias escuras e úmidas e ratos correndo pelas vigas do teto. Lembro-me, contudo, muito bem do dia da venda de cavalos. O terror que senti naquele dia permaneceu comigo durante toda a minha vida.

Eu tinha menos de 6 meses de idade e não passava de um potro desengonçado e com pernas muito compridas que jamais havia se afastado da mãe. Naquele dia, fomos separados em meio à terrível gritaria do leilão, e nunca mais tornei a vê-la. Ela era uma bela égua destinada ao trabalho no campo. Já estava um pouco velha, mas tinha nos quartos dianteiros e traseiros toda a força e resistência de um cavalo de tração irlandês. Ela foi vendida em poucos minutos. Antes mesmo que eu pudesse segui-la, ela foi levada dali. Por algum motivo, demorou para que eu fosse negociado. Talvez tenha sido o olhar selvagem que eu lançava enquanto andava em círculos, procurando desesperadamente pela minha mãe, ou ainda o fato de nenhum dos fazendeiros e ciganos presentes querer comprar um potro muito magro, meio puro-sangue. Qualquer que fosse o motivo, eles discutiram por um bom tempo sobre o pouco que eu valia, até que ouvi a batida do martelo e fui conduzido para fora e levado para um pequeno curral.

– Nada mal para um cavalo que custou apenas três guinéus! Não é, meu pequeno rebelde? Nada mal! – disse a voz rouca e embriagada que obviamente pertencia ao meu dono. Não vou chamá-lo de meu senhor pois só tive um senhor em toda a minha vida. Meu dono segurava uma corda e subia na cerca do curral com mais três ou quatro de seus amigos de rosto vermelho. Cada um trazia uma corda. Tinham tirado o chapéu e o casaco e dobrado as mangas da camisa. Todos eles estavam rindo quando se aproximaram de mim. Como eu jamais havia sido tocado por um ser humano, recuei até sentir a cerca que estava atrás de mim e que impossibilitava a minha fuga. Eles ameaçaram se lançar sobre mim, mas, como eram lentos, consegui escapar e corri para o centro do curral, onde me virei para enfrentá-los novamente. Agora, eles haviam parado de rir. Relinchei, pedindo socorro à minha mãe, e ouvi sua resposta ecoando a distância. Foi na direção dessa voz que corri, investindo contra a cerca e tentando saltá-la, mas uma das minhas patas traseiras ficou presa. Fui puxado violentamente pela crina e pela cauda e senti uma corda apertando-me o pescoço. Fui derrubado e fiquei preso ao chão, sob o peso dos homens que pareciam estar sentados em meu corpo inteiro. Lutei até perder as forças, coiceando toda vez que os sentia relaxar, mas eles estavam em maior número e eram fortes demais para mim. Senti o cabresto roçando o meu rosto e estreitando-se na região do pescoço e do focinho.

– Você é brigão, não é? – disse meu dono, apertando a corda e sorrindo com os dentes cerrados. – Gosto de brigões, mas vou domá-lo de um jeito ou de outro. Você é um galinho de briga, mas logo estará comendo na minha mão como um pintinho.

Fui sendo arrastado pelo caminho, amarrado à traseira de uma carroça, de modo que, a cada curva ou solavanco, eu levava um puxão no pescoço. Quando finalmente chegamos à alameda da fazenda, atravessamos a ponte e deparamos com o pátio do estábulo que seria a minha morada, eu estava encharcado de suor, e o cabresto tinha deixado o meu focinho em carne viva. Naquela noite, quando me arrastaram para dentro da cocheira, o meu único consolo era saber que eu não estava sozinho. A velha égua que havia puxado a carroça desde o mercado até a fazenda foi conduzida à baia vizinha. Ao entrar, ela parou para olhar por cima da porteira e relinchou gentilmente para mim. Eu estava prestes a fugir pelo fundo da baia quando meu dono deu uma chicotada com tamanha violência no flanco da égua que acabei me encolhendo no canto, encostado na parede.

– Entre logo, sua miserável! – gritou o homem. – Você é uma peste, Zoey. Nem pense em ensinar os seus truques ao potro.

Nesse momento, consegui ver nos olhos da velha égua uma centelha de bondade e de cumplicidade que apaziguou os meus medos e me tranquilizou.

Fui deixado na baia sem água e sem comida, e o homem saiu cambaleando pelas lajes de pedra rumo à casa da fazenda. Portas bateram com força, vozes se elevaram. Então ouvi passos apressados voltando pelo pátio e vozes agitadas se aproximando. Duas cabeças aparece-ram por trás da porteira. Uma delas era a de um meni-no, que olhou fixamente para mim por um bom tempo, examinando-me atentamente antes de abrir um sorriso radiante.

– Mãe! – disse decidido. – Esse potro ainda vai ser um cavalo bonito e corajoso. Veja o porte da cabeça dele – e repetiu: – Veja, mãe! Ele está todo molhado. Preciso enxugá-lo.

– Seu pai falou para você deixar o potro quieto, Al-bert – lembrou-lhe a mãe. – Disse que é melhor para ele. Falou para você não mexer nele.

– Mãe – insistiu Albert, puxando os trincos da portei-ra da baia. – Quando o papai está bêbado, ele não sabe o que diz nem o que faz. E ele sempre bebe quando vai ao mercado. Você mesma disse que não devo lhe dar atenção quando ele fica desse jeito. Cuide de Zoey, que cuido do potro. Ele não é demais, mãe? É quase verme-lho, eu diria que é um baio avermelhado, você não acha? E essa cruz branca no focinho é perfeita. Você já viu algum cavalo com uma cruz como essa? Viu? Vou montá-lo quando ele estiver preparado. Vou cavalgá-lo em todos os lugares. Ele vai ser o melhor cavalo da re-gião, do condado.

– Você acabou de fazer 13 anos, Albert – a mãe respondeu da baia vizinha. – O potro é muito novinho e você é muito novinho, e, seja como for, seu pai falou para não mexer nele. Depois não venha chorar se ele pegar você aí dentro.

– Mas por que ele comprou um potro, mãe? – perguntou o menino. – Ele não tinha ido comprar um bezerro? Um bezerro para ser amamentado pela Celandine?

– Pois é, meu filho, seu pai vira outra pessoa quando bebe – respondeu a mãe com carinho. – Ele disse que o fazendeiro Easton estava interessado no potro, e você sabe que o seu pai tem birra do Easton desde que ele levantou aquele celeiro, invadindo parte das nossas terras. Acho que ele acabou comprando o potro só para contrariar o Easton. É isso o que acho.

– Ainda bem que ele fez isso, mãe – disse Albert, caminhando lentamente em minha direção e tirando o casaco. – Bêbado ou não, foi a melhor coisa que ele fez na vida.

– Não fale assim de seu pai, Albert. Ele tem passado maus bocados. Não está certo – disse a mãe, mas suas palavras careciam de convicção.

Albert era praticamente da minha altura e, ao se aproximar, falava tão mansamente, que logo fiquei calmo e bastante intrigado, portanto fiquei onde estava, encostado na parede. Saltei para trás quando ele me tocou pela primeira vez, mas logo percebi que ele não queria me fazer mal. Primeiro afagou o meu dorso, depois o pescoço, enquanto dizia que iríamos nos divertir muito, que eu seria o cavalo mais inteligente do mundo e que sairíamos para caçar juntos. Depois de um tempo, ele começou a esfregar o casaco em meu pelo suavemente. Esfregou-me até que eu estivesse seco. Depois borrifou água salgada em meu focinho, onde a pele estava machucada. Trouxe-me feno saboroso e um balde de água fresca. Acho que não parou de falar nem um segundo. Quando se virou para sair, relinchei em agradecimento, e ele pareceu entender, pois abriu um largo sorriso e afagou meu focinho.

– Vamos nos dar muito bem, você e eu – disse carinhosamente. – Vou chamá-lo de Joey, porque rima com Zoey, e também porque acho que combina com você. Volto amanhã de manhã. Não se preocupe, tomarei conta de você. Prometo. Durma bem, Joey.

– Não adianta falar com cavalos, Albert – disse a mãe, do lado de fora. – Eles não entendem. São bichos estúpidos. Estúpidos e teimosos, como diz o seu pai, e olha que ele lidou com cavalos a vida inteira.

– É que o papai não os entende – disse Albert. – Acho que ele tem medo deles.

Fui até a porteira e vi Albert e sua mãe caminhando para dentro da escuridão. Então percebi que havia encontrado um amigo para a vida inteira, que tínhamos criado um laço instintivo e imediato de confiança e de afeto. Ao meu lado, Zoey tentou me alcançar por cima da porteira, mas nossos focinhos não conseguiram se tocar.

CAPÍTULO 2

DURANTE OS INVERNOS LONGOS E RIGOROSOS E os verões nublados que se seguiram, Albert e eu crescemos juntos. Um potro de 1 ano e um garoto têm mais em comum do que o fato de serem desastrados e sem jeito.

Sempre que não estava na escola do vilarejo ou trabalhando com o pai na fazenda, ele me conduzia pelos campos e pelos brejos planos e alagadiços localizados nas margens do rio Torridge. Ali, no único lugar da fazenda em que o terreno era plano, iniciou meu treinamento, fazendo-me andar e trotar para cima e para baixo e incitando-me a galopar para um lado e para o outro. No caminho de volta, deixava-me seguir meu próprio passo. Aprendi a atender ao seu assobio não por obediência, mas porque eu queria estar com ele o tempo todo. Seu assobio imitava o pio intermitente da coruja – era um chamado que eu jamais ignoraria ou esqueceria.

Zoey, minha única companheira além do menino, passava o dia inteiro fora, puxando o arado, a grade e a ceifadeira ou andando pela fazenda, de modo que eu ficava sozinho a maior parte do tempo. No verão, solto nos pastos, dava para aguentar, pois eu podia ouvi-la trabalhando e chamava por ela de vez em quando, mas no inverno, fechado na solidão da baia, às vezes eu passava o dia todo sem ver ninguém, à exceção de Albert, que vinha me visitar.

Como tinha prometido, era ele que cuidava de mim e me protegia o máximo possível de seu pai. Aliás, o pai não era o monstro que eu tinha imaginado a princípio. Na maior parte do tempo, ele me ignorava e, se olhava para mim, era de longe. De vez em quando, chegava a ser bastante amigável, mas, depois de nosso primeiro encontro, eu jamais consegui confiar nele plenamente. Eu não permitia que ele se aproximasse, eu recuava para o outro extremo do campo e punha Zoey entre nós. Toda terça-feira, no entanto, ele saía para beber, e, quando retornava, Albert sempre encontrava algum pretexto para ficar comigo e garantir que o pai não viesse me fazer mal.

Numa noite de outono, cerca de dois anos após eu ter chegado à fazenda, Albert estava no vilarejo tocando os sinos da igreja. Por precaução, tinha me colocado na baia de Zoey, como sempre fazia às terças-feiras.

– Assim, vocês ficarão mais seguros. Meu pai não vai incomodá-los, não se vocês estiverem juntos – dissera e depois debruçara-se na porteira para nos dar uma aula sobre a complexa arte de tocar sinos, explicando que tinha sido escolhido para tocar o sino mais grave porque o consideravam bastante crescido para realizar a tarefa e que ele logo seria o menino mais alto do vilarejo. Albert estava orgulhoso de seu talento, e, quando Zoey e eu aguçamos os ouvidos na escuridão da baia, embalados pelo som dos seis sinos que soavam ao longe, para além do lusco-fusco dos campos, vimos que ele tinha razão de se orgulhar. Trata-se da mais nobre das músicas, pois todos podem compartilhá-la. Basta ouvi-la.

Devo ter adormecido, pois não me lembro de ter ouvido sua aproximação. De repente, vi o clarão de uma lanterna voltada para a baia, e as trancas da porteira foram puxadas. A princípio, pensei que fosse Albert, mas os sinos continuavam a soar. Foi então que reconheci a voz, que só podia ser a que o pai de Albert tinha nas noites de terça-feira, na volta do mercado. Ele pendurou a lanterna na parede, acima da porteira, e caminhou em minha direção. Estava segurando algo que parecia ser um chicote e veio cambaleando para cima de mim.

– Ora, ora, seu diabinho orgulhoso – disse ele com um evidente tom de ameaça na voz. – Apostei que consigo fazê-lo puxar o arado em uma semana. O fazendeiro Easton e os outros no The George acham que não consigo domá-lo. Mas vou lhes mostrar. Você já foi mimado demais. Agora, chegou a hora de mostrar serviço. Hoje, vamos provar algumas coalheiras para encontrar uma que sirva e, amanhã, começaremos a arar a terra. Podemos fazer isso do jeito bom ou do jeito ruim. Se você criar dificuldades, arranco o seu couro.

Zoey conhecia bem o temperamento do pai de Albert e relinchou em tom de aviso, recuando para o canto escuro da baia, mas ela nem precisava ter me alertado, pois eu pressentia a intenção dele. Quando o vi erguer a vara, meu coração disparou de medo. Aterrorizado, eu sabia que não podia fugir, pois não havia para onde ir, de modo que fiquei de costas para ele e dei um coice. Meus cascos o acertaram em cheio. Ouvi um grito de dor e me virei a tempo de vê-lo rastejar para fora da baia, arrastando uma das pernas e vociferando promessas de vingança.

Na manhã seguinte, Albert e o pai vieram ao estábulo juntos. O pai mancava. Cada um trazia nas mãos uma coalheira, e vi que Albert havia chorado, pois suas bochechas pálidas estavam manchadas de lágrimas. Os dois pararam diante da porteira da baia, e, para meu imenso prazer e orgulho, vi que meu Albert já era mais alto do que o pai, cujo rosto estava contorcido de dor.

– Albert, se sua mãe não tivesse implorado, eu teria dado um tiro nesse cavalo na hora. Ele podia ter me matado. Agora, um aviso: se ele não estiver puxando o arado direitinho em uma semana, vou vendê-lo. Isso eu prometo. Você diz que sabe lidar com ele, então vou lhe dar uma chance. Ele não me deixa chegar perto. É selvagem e maldoso. Se você não conseguir domá-lo em uma semana, ele vai embora. Estamos entendidos? Esse cavalo tem que ganhar a vida como todos nesta fazenda. Seja orgulhoso ou não, tem que aprender a trabalhar. Outra coisa, Albert: se eu perder a aposta, ele vai ter que ir embora.

Largou a coalheira no chão e se virou para sair.

– Pai – disse Albert, com a voz firme. – Eu vou domar o Joey, vou ensiná-lo a puxar o arado, mas você tem que prometer que nunca mais vai bater nele. Não é assim que se lida com ele. Eu o conheço, pai. Eu o conheço como se ele fosse meu irmão.

– Isso é com você, Albert. Treine-o como quiser. Não me interessa como – disse o pai, fazendo pouco-caso. – Quero distância desse bandido. Por mim, dava-lhe um tiro.

Mas, quando entrou na baia, Albert não me tratou com mimos nem falou com voz mansa, como costumava fazer. Ele veio até mim e me encarou com firmeza.

– Que estupidez – disse, severo. – Se quiser sobreviver, Joey, vai ter que aprender. Nunca mais dê coice em ninguém. Ele estava falando sério, Joey. Se não fosse pela minha mãe, você teria levado um tiro. Ela salvou a sua vida. Ele não me dá ouvidos, não adianta. Então nunca mais faça isso. Nunca mais. – De repente a voz dele mudou, voltando ao tom usual. – Temos uma semana, Joey, apenas uma semana para você aprender a arar. Sei que, considerando a sua linhagem, você pode achar que a tarefa não é digna, mas é assim que tem que ser. Zoey e eu vamos treiná-lo. Não vai ser fácil, principalmente para você, que ainda não tem tamanho para isso. Você não vai gostar muito de mim quando tudo isso acabar, Joey, mas meu pai está falando sério. Ele é um homem de palavra. Quando põe uma coisa na cabeça, não há quem o convença do contrário. Tenho certeza de que ele seria capaz de vendê-lo ou matá-lo só para não perder a aposta.

Na mesma manhã, enquanto o nevoeiro ainda pairava sobre os campos, fui levado para o Grande Cercado, colocado ao lado de Zoey, com uma coalheira frouxa em torno das espáduas, e iniciei o meu treinamento como cavalo de tração. Quando puxamos o arado pela primeira vez, a coalheira roçou no meu pelo, e minhas patas afundaram no solo fofo. Atrás de mim, Albert gritava o tempo todo, zunindo o chicote em minha direção sempre que eu hesitava ou saía da trilha, sempre que ele sentia que eu não estava dando meu máximo – e isso ele sabia dizer com exatidão. Era um Albert diferente. Suas palavras gentis e a doçura de antes tinham ficado para trás. Sua voz tinha uma rispidez e uma aspereza que não admitiam recusas de minha parte. Ao meu lado, Zoey inclinava-se para a frente, puxando o arado, a cabeça baixa, afundando os cascos no solo para tomar impulso. Para o bem dela, para o meu próprio bem e para o bem de Albert, coloquei todo o meu peso sobre a coalheira e comecei a puxar. Naquela semana, eu teria que aprender os rudimentos do arado como um verdadeiro cavalo de fazenda. Cada músculo do meu corpo doía com o esforço; mas, depois de uma noite de descanso, estirado na baia, eu me sentia renovado e pronto para voltar ao trabalho na manhã seguinte.

Com o passar dos dias, à medida que eu progredia e começávamos a funcionar como uma equipe, Albert ia abrindo mão do chicote e voltando a falar mais suavemente comigo, até que, no final da semana, tive certeza de que eu tinha recobrado seu afeto. Então, certo dia, ao cair da tarde, depois que terminamos de lavrar a terra, ele soltou o arado e colocou o braço sobre nós dois.

– Acabou. Vocês conseguiram, meus caros. Vocês conseguiram – repetiu. – Eu não disse nada para vocês não ficarem nervosos, mas meu pai e o fazendeiro Easton ficaram nos observando a tarde inteira. – Fez cócegas atrás de nossas orelhas e nos afagou o focinho. – Meu pai ganhou a aposta. No café da manhã, ele me disse que, se terminássemos de lavrar o campo hoje, esqueceria o incidente da semana passada e deixaria você ficar conosco, Joey. Você conseguiu. Estou tão orgulhoso que tenho vontade de lhe dar um beijo, seu tolinho, mas não vou fazer isso enquanto estiverem olhando. Agora, ele vai deixar você ficar. Meu pai é um homem de palavra, pode ter certeza, pelo menos enquanto está sóbrio.

Meses mais tarde, depois de termos ceifado o Prado Grande, quando voltávamos pelo caminho sulcado e coberto de folhas que levava ao pátio da fazenda, Albert nos falou da guerra pela primeira vez. Ele parou de assobiar no meio de uma canção.

– Minha mãe falou que haverá uma guerra – disse triste. – Não sei muito bem do que se trata. Não tenho certeza, mas parece que um velho duque foi assassinado no continente. Não sei o que isso tem a ver conosco, mas ela disse que, de qualquer forma, teremos uma guerra, mas que ela não vai nos afetar, não aqui. Nossa vida vai continuar a mesma. Além disso, tenho apenas 15 anos. Sou jovem demais para me alistar. Bem, isso foi o que ela disse, mas eu lhe digo, Joey, que, se houvesse uma guerra, eu gostaria de participar. Acho que eu daria um bom soldado, você não acha? Eu ficaria bem de farda, não ficaria? Eu sempre quis marchar ao som dos tambores. Dá para imaginar uma coisa dessas, Joey? Pensando bem, acho que se você cavalgar tão bem quanto puxa o arado, seria um bom cavalo de guerra. Faríamos um belo par, concorda? Deus ajude os alemães, se algum dia eles tiverem de nos enfrentar.

Numa quente noite de verão, após um longo e poeirento dia de trabalho, eu estava entretido comendo minha ração de farelo e aveia enquanto Albert esfregava meu pelo com palha e falava sobre o estoque de boa palha que teríamos para nos aquecer naquele inverno e para revestir o telhado da casa quando ouvi os passos pesados de seu pai atravessando o pátio em nossa direção. – Mulher... – ele gritou. – Mulher, venha cá! – Era a sua voz sadia, habitual, sua voz sóbria, que não representava perigo para mim. – Estamos em guerra, mulher! Acabei de ouvir no vilarejo. O carteiro trouxe a notícia hoje à tarde. Os desgraçados invadiram a Bélgica. Agora, é coisa certa. Declaramos guerra ontem, às onze horas. Estamos em guerra com os alemães. Vamos dar uma surra tão grande neles que nunca mais vão ameaçar ninguém. Será questão de meses. É sempre assim. Só porque o leão britânico está dormindo, acham que ele está morto. Daremos uma lição neles, mulher! Uma lição da qual jamais vão se esquecer.

Albert tinha parado de me esfregar e deixara a palha cair no chão. Caminhamos até a porteira do estábulo. Sua mãe estava de pé nos degraus da casa. Tinha levado a mão à boca.

– Ai, meu Deus – ela disse suavemente. – Ai, meu Deus.

CAPÍTULO 3

AO LONGO DE NOSSO ÚLTIMO VERÃO NA FAZENDA, aos poucos, tão aos poucos que eu mal tinha percebido, Albert começara a montar em mim para campear as ovelhas. Zoey seguia atrás, e às vezes eu tinha de parar para ter certeza de que ela estava nos acompanhando. Não me lembro da primeira vez em que Albert pôs uma sela em mim, mas ele deve ter feito isso em algum momento, pois naquele verão, quando a guerra finalmente eclodiu, ele e eu saíamos para campear as ovelhas todas as manhãs e quase todas as noites, depois do trabalho. Passei a conhecer cada estradinha da região, o murmúrio de cada carvalho, o ruído de cada porteira que se fechava. Chapinhávamos atravessando o riacho que cortava o Bosque do Inocente e subíamos o Samabaial em grande velocidade. Com Albert montado em mim, não havia peso nas rédeas nem puxões no bocal do freio. Um leve aperto com os joelhos e os calcanhares em meus flancos era suficiente para me dizer aonde ir. Nós nos entendíamos tão bem que, decerto, ele poderia me guiar sem tocar em mim. Quando não estava falando comigo, ele assobiava ou cantava o tempo todo, e isso fazia com que me sentisse seguro.

No início, a guerra quase não afetou a vida na fazenda. Com uma grande quantidade de palha e lenha para armazenar para o inverno, Zoey e eu saíamos todo dia para trabalhar no campo bem cedo. Para nosso grande alívio, Albert tinha assumido a maior parte do trabalho com os cavalos na fazenda, deixando para o pai as tarefas de cuidar dos porcos, dos novilhos e das ovelhas, de consertar as cercas e de cavar sulcos em torno da propriedade, de modo que o víamos por apenas alguns minutos durante o dia. Apesar da rotina normal, havia uma tensão cada vez maior na fazenda, e eu tinha um mau pressentimento. Havia longas e calorosas discussões no pátio, às vezes entre o pai e a mãe de Albert, mas com maior frequência entre Albert e a mãe, por incrível que pareça.

– Não o culpe, Albert – disse ela certa manhã, voltando-se furiosa para o filho, que estava do lado de fora do estábulo. – Tudo o que ele fez foi pensando em você, sabia? Quando Lord Denton quis lhe vender a propriedade, dez anos atrás, ele aceitou fazer uma hipoteca para que você tivesse uma fazenda quando crescesse. É a preocupação com a hipoteca que o leva a beber. Se ele fica alterado de vez em quando, isso não lhe dá o direito de reclamar. Ele já não é o mesmo, e o trabalho na fazenda está ficando pesado demais. Ele já passou dos cinquenta, sabia? Os filhos não pensam na idade dos pais. Além disso, estamos em guerra. Ele está com medo, Albert. Está com medo de que os preços despenquem, e acho que, no fundo, ele queria estar lutando na França, mas está velho demais para isso. Tente entendê-lo, Albert. Ele merece.

– Você não bebe, mãe – respondeu Albert, com veemência. – E tem as mesmas preocupações que ele. E, mesmo que bebesse, não seria tão implicante quanto ele. Faço todo o trabalho que posso, talvez até mais, mas ele está sempre reclamando. Falta fazer isso, falta fazer aquilo. Reclama sempre que saio com o Joey à noite. Não quer nem que eu vá tocar os sinos na igreja uma vez por semana. Não é normal, mãe.

– Eu sei, Albert – ela disse com mais brandura, apertando a mão do menino entre as suas. – Mas tente ver o lado bom do seu pai. Ele é um homem bom. É sim. Você sabe disso, não sabe?

– Sei, mãe – reconheceu Albert –, mas acho que ele podia parar de implicar com o Joey. Afinal de contas, Joey trabalha para sustentá-lo e precisa de um tempo para espairecer, assim como eu.

– É claro, querido – ela respondeu, segurando-o pelo cotovelo e conduzindo-o pelos degraus da casa –, mas você sabe como ele é com o Joey... Comprou-o num acesso de raiva e está arrependido até hoje. Como ele sempre diz, nós não precisamos de outro cavalo para fazer o trabalho da fazenda, e Joey dá muita despesa. Isso o preocupa. Fazendeiros e cavalos... É sempre a mesma coisa. Meu pai também era assim, mas tenho certeza de que ele vai melhorar, se você lhe der uma chance.

Albert e o pai, porém, mal se falavam, e a mãe tinha de fazer o papel de intermediária entre os dois o tempo todo. Numa quarta-feira de manhã, poucas semanas depois do início da guerra, a mãe de Albert tentava acalmá-los no pátio da casa. Como de costume, o pai de Albert voltara bêbado do mercado na noite anterior. Ele dissera que havia se esquecido de devolver o porco malhado que fora tomado emprestado para cobrir as porcas da fazenda. Pedira a Albert que fizesse isso, mas o jovem se recusara, o que deu início a uma briga. O pai dissera que "tinha outras coisas para fazer", e Albert respondera que precisava limpar o estábulo.

– Querido, você não vai levar nem meia hora para levar o porco de volta ao vale de Fursden – a mãe apressou-se em dizer, tentando abrandar o inevitável.

– Está bem – concordou Albert, como sempre fazia quando a mãe intervinha, pois detestava contrariá-la. – Farei isso por você, mãe. Mas com a condição de que eu possa sair com Joey hoje à noite. Quero caçar com ele no inverno e preciso exercitá-lo. – O pai de Albert permaneceu em silêncio, com os lábios franzidos, e notei que ele estava olhando para mim. Albert virou-se, bateu carinhosamente em meu focinho, pegou um graveto no telheiro de lenha e foi para o chiqueiro. Poucos minutos depois, vi-o tocando o enorme porco pelo caminho, rumo à estrada principal. Chamei-o, mas ele não se virou.

Agora, quando o pai de Albert vinha ao estábulo, era apenas para levar Zoey. Ele não me perturbava mais. Arreava Zoey no pátio e cavalgava rumo às montanhas, para campear as ovelhas. Assim, naquela manhã, não me surpreendi quando ele entrou no estábulo e levou Zoey embora. Mas quando ele voltou e começou a falar manso comigo, oferecendo-me um balde de aveia deliciosa, fiquei desconfiado. No entanto, a aveia e a curiosidade foram mais fortes que o meu bom-senso, e ele conseguiu colocar o cabresto em mim antes que eu pudesse me afastar. Sua voz, no entanto, soou estranhamente gentil e afável quando ele apertou o cabresto e esticou a mão para me afagar o pescoço.

– Você vai ficar bem, garotão – disse, suavemente. – Vai ficar bem. Eles prometeram que vão cuidar de você. Além do mais, preciso do dinheiro, Joey. Preciso desesperadamente do dinheiro.

CAPÍTULO 4

ELE PRENDEU LONGAS CORDAS AO CABRESTO E me conduziu para fora da baia. Fui com ele porque Zoey estava lá fora, olhando para mim por cima dos ombros, e eu seria capaz de ir a qualquer lugar, com qualquer pessoa, se ela estivesse junto. Notei que o pai de Albert sussurrava e olhava em volta como um ladrão.

Ele provavelmente sabia que eu seguiria Zoey, pois prendeu minha rédea na sela dela e nos guiou silenciosamente pelos caminhos da fazenda, atravessando a ponte. Quando chegamos à estrada principal, ele montou em Zoey rapidamente, e subimos a montanha, em direção ao vilarejo. Ele não falou conosco em momento algum. Eu já conhecia a estrada, é claro, pois havia feito aquele trajeto com Albert muitas vezes, e eu gostava do vilarejo, porque havia sempre muitos cavalos e pessoas para ver. Eu estivera na vila havia pouco tempo e vira o meu primeiro automóvel estacionado na frente dos correios. Ficara com medo ao vê-lo passar, mas não me mexera, o que me rendera muitos elogios da parte de Albert. No entanto, agora, à medida que nos aproximávamos do vilarejo, eu podia ver que havia muitos automóveis estacionados em torno do gramado, assim como uma quantidade enorme de homens e de cavalos, como eu jamais vira. Agitado, lembro que fiquei muito ansioso enquanto trotava em direção ao vilarejo.

Havia homens de farda cáqui por toda parte. Quando o pai de Albert apeou e nos conduziu para além da igreja, rumo ao gramado, uma banda militar começou a tocar uma marcha cadenciada e empolgante. A batida grave do bumbo ecoou pelo vilarejo. De repente, havia crianças por toda parte, algumas marchando com cabos de vassoura nos ombros, outras se debruçando sobre as janelas com bandeirinhas na mão.

Quando nos aproximamos do centro do gramado, onde a bandeira do Reino Unido havia sido hasteada no mastro branco, um oficial abriu caminho em meio à multidão e veio falar conosco. Alto e elegante, ele vestia calças de montaria e trazia no cinturão uma espada prateada. Apertou a mão do pai de Albert.

– Capitão Nicholls, senhor, eu disse que viria – disse o pai de Albert. – Estou precisando de dinheiro. Jamais venderia um cavalo como esse, a menos que fosse necessário.

– Pois bem, fazendeiro – disse o oficial, meneando a cabeça de forma aprovativa enquanto olhava para mim. – Pensei que você estivesse exagerando quando nos falamos no The George, ontem à noite. "É o melhor cavalo da região", você disse. É o que todos dizem. Mas posso ver que esse cavalo é diferente. – Afagou-me o pescoço e coçou atrás das minhas orelhas. Tanto o seu toque quanto a sua voz eram gentis, de modo que não recuei. – Tem razão, fazendeiro, ele vai ser um excelente cavalo de guerra, vai ser o orgulho do regimento. Posso até vir a montá-lo. Quem sabe? Se for tão bom quanto parece, posso vir a montá-lo. É um belo animal, sem dúvida.

– E o senhor vai pagar quarenta libras por ele, capitão Nicholls, como combinamos? – o pai de Albert perguntou, falando baixo, quase como se não quisesse ser ouvido por mais ninguém. – Não posso vendê-lo por menos. Preciso dele para sobreviver.

– É claro, fazendeiro. Eu lhe dei a minha palavra – disse o capitão Nicholls, abrindo a minha boca e examinando os meus dentes. – É um belo animal, o pescoço forte, as espáduas torneadas, os boletos retos. Deve ter trabalhado muito. Você já o levou para caçar?

– Meu filho sai com ele todos os dias – explicou o pai de Albert. – Parece que ele anda como um cavalo de corrida e salta como um caçador.

– Bom – disse o oficial –, se o veterinário achar que ele está em boa forma, com membros e pulmões sadios, você receberá as suas quarenta libras, como combinamos.

– Não posso demorar, senhor – disse o pai de Albert, olhando furtivamente por cima do ombro. – Preciso voltar para casa. Tenho que trabalhar.

– Bom, estamos ocupados, recrutando voluntários e fazendo compras – disse o oficial –, mas faremos o possível para agilizar o processo. A verdade é que há mais homens do que cavalos a serem recrutados nesta região, e o veterinário não precisa examinar os homens, não é verdade? Espere aqui. Volto em alguns minutos.

O capitão Nicholls me conduziu por uma passagem em arco que ficava em frente à taberna, e deparamos com um amplo jardim, onde homens de jaleco branco e um escrevente fardado sentados numa mesa faziam anotações. Pensei ter ouvido Zoey me chamar e relinchei para tranquilizá-la, pois eu não sentira medo em momento algum. Eu estava muito interessado no que acontecia ao meu redor. O oficial viera conversando gentilmente comigo pelo caminho, e eu o acompanhara quase que ansiosamente. O veterinário, um homem baixinho e agitado que tinha um farto bigode preto, cutucou o meu corpo inteiro, levantou cada uma de minhas patas para examiná-las – ao que fiz objeção –, olhou para os meus olhos e para a minha boca fixamente e tentou sentir o meu hálito. Depois, fez-me trotar ao redor do jardim, até que fui declarado um espécime perfeito.

– É forte e sadio. Serve tanto para a infantaria quanto para a artilharia – foram as palavras que o veterinário usou. – Nenhum esparavão, nenhum tumor no jarrete. Bons cascos e dentes. Pode comprá-lo, capitão. É um bom cavalo.

Fui conduzido até o pai de Albert, que pegou as notas que o capitão Nicholls deu a ele e as colocou rapidamente no bolso da calça.

– O senhor vai cuidar bem dele? – perguntou. – Vai protegê-lo? Meu filho adora esse cavalo. – Ergueu a mão e afagou o meu focinho. Seus olhos ficaram cheios de lágrimas. Naquele instante, ele quase me pareceu um homem amável. – Você vai ficar bem, garotão – sussurrou para mim. – Você não vai entender, e Albert também não, mas preciso desse dinheiro para pagar a hipoteca. Caso contrário, perderei a fazenda. Eu te tratei mal, tratei todos mal. Sei disso e estou arrependido.

Cabisbaixo e encolhido, ele foi embora puxando Zoey pela rédea. Foi então que percebi que eu estava sendo abandonado e comecei a relinchar, um relincho estridente de dor e de ansiedade que ecoou por todo o vilarejo. Até mesmo Zoey, que sempre foi dócil e obediente, estancou e recusou-se a caminhar, por mais que o pai de Albert a puxasse. Então ela se virou, jogou a cabeça para trás e relinchou para dizer adeus, mas os relinchos foram ficando cada vez mais baixos, até que ela finalmente sumiu de vista. Mãos bondosas tentaram me conter e me consolar, mas eu estava inconsolável.

Eu estava prestes a perder as esperanças quando vi o meu Albert abrindo caminho para se aproximar de mim, o rosto enrubescido pelo esforço. A banda havia parado de tocar, e todo o vilarejo parou para vê-lo correr e abraçar o meu pescoço.

– Ele o vendeu, não foi? – Albert perguntou suavemente, olhando para o capitão Nicholls, que me segurava. – Joey é meu. Ele é e sempre será o meu cavalo, não importa quem o compre. Não posso anular a decisão de meu pai, mas, se o Joey vai com você, eu também vou. Quero me alistar para ficar com ele.

– Você pensa como um soldado, meu jovem – disse o oficial, tirando o quepe e enxugando a testa com as costas da mão. Ele tinha cabelos negros e encaracolados e rosto bondoso e sincero. – Pensa como um soldado, mas não tem idade suficiente para ser um soldado. Você é jovem demais e sabe disso. Nós só aceitamos maiores de 17 anos. Volte em um ano ou mais e verei o que posso fazer.

– Eu pareço ter 17 anos – disse Albert, quase implorando. – Sou mais alto do que a maioria dos rapazes de 17 anos. – Ele sabia que estava perdendo tempo, mas insistiu. – Você não pode me aceitar, senhor? Nem mesmo como cavalariço? Faço qualquer coisa, qualquer coisa.

– Qual é o seu nome, meu jovem? – perguntou o capitão Nicholls.

– Narracott, senhor. Albert Narracott.

– Bem, senhor Narracot, sinto muito, mas não posso ajudá-lo – disse o oficial, balançando a cabeça e recolocando o quepe. – Sinto muito, meu jovem, mas é o regulamento. Não se preocupe com o seu Joey. Cuidarei bem dele até que você esteja pronto para se alistar. Você fez um ótimo trabalho com ele. Deve estar orgulhoso.

Ele é um belo animal, mas o seu pai precisava do dinheiro para manter a fazenda, e ninguém sobrevive sem dinheiro. Você sabe disso. Gosto de seu entusiasmo. Quando tiver idade suficiente, aliste-se na cavalaria da Yeomanry. Precisamos de jovens como você. A guerra vai ser longa, mais longa do que se deseja. Mencione o meu nome. Sou o capitão Nicholls, e para mim será um orgulho tê-lo em nosso regimento.

– Então é isso? – perguntou Albert. – Não há nada que eu possa fazer?

– Nada – disse o capitão Nicholls. – O seu cavalo pertence ao exército agora, e você é jovem demais para se alistar. Não se preocupe, cuidaremos bem dele. Prometo-lhe que eu mesmo vou me encarregar disso.

Albert coçou o meu focinho, como sempre fazia, e afagou as minhas orelhas. Tentou sorrir, mas não conseguiu.

– Vou encontrá-lo – disse com a voz baixa. – Não importa onde você esteja, Joey, vou encontrá-lo. Por favor, senhor, me prometa que vai tomar conta dele até que eu o encontre. O senhor vai ver que ele é o melhor cavalo do mundo.

– Prometo – disse o capitão Nicholls. – Farei o possível. – Albert virou-se para ir embora e desapareceu em meio à multidão.

CAPÍTULO 5

NAS POUCAS SEMANAS QUE ANTECEDERAM A minha ida para a guerra, fui transformado de cavalo de tração em montaria do exército. Não foi uma transformação fácil, pois eu detestava a disciplina rigorosa da escola de adestramento e as horas quentes que passava na planície, realizando manobras. Na fazenda, com Albert, eu tinha me deleitado com as longas cavalgadas pelos caminhos e pelos campos, e o calor e as moscas não tinham sido um problema; eu tinha amado a dolorida tarefa de puxar o arado e a grade ao lado de Zoey, mas isso porque houvera um elo de confiança e de devoção entre nós dois. Agora, havia apenas o tédio das intermináveis horas passadas descrevendo círculos no picadeiro. O bocal macio da fazenda tinha sido substituído por um freio desconfortável, que feria os cantos de minha boca e me deixava incrivelmente furioso.

O que eu mais detestava, porém, era o meu novo cavaleiro. O cabo Samuel Perkins era um homem baixinho, severo e obstinado, um ex-jóquei que parecia se comprazer em exercer poder sobre um cavalo. Ele era temido por todos, tanto pelos soldados quanto pelos cavalos. Até mesmo os oficiais ficavam nervosos em sua presença, pois ele parecia saber tudo a respeito de cavalos e tinha a experiência de uma vida inteira com eles. Cavalgava de maneira enérgica, com a mão pesada. Para ele, o chicote e as esporas não eram meros enfeites.

Ele nunca me batia nem perdia a paciência comigo. Ao contrário, às vezes, eu tinha a impressão de que ele gostava de mim, e eu o respeitava, é claro, mas esse respeito baseava-se no medo e não no amor. Irritado e infeliz, tentei derrubá-lo da sela várias vezes, mas nunca consegui. Seus joelhos tinham uma força descomunal, e ele parecia adivinhar o que eu pretendia fazer.

Meu único consolo naqueles primeiros dias de treinamento eram as visitas que o capitão Nicholls me fazia todas as noites no estábulo. Ele era o único que parecia ter tempo para vir falar comigo, como Albert costumava fazer. Sentado em um balde virado para baixo, no canto de minha baia, o caderno apoiado nos joelhos, ele ficava me desenhando e falando.

– Já fiz vários esboços – disse ele, certa noite. – Quando terminar este aqui, estarei pronto para pintar um quadro seu. Não será nenhum Stubbs – será melhor que um Stubbs, porque Stubbs nunca pintou um cavalo tão bonito como você. Não posso levar o quadro comigo para a França, não é? Isso seria uma tolice. Vou enviá-lo para o seu amigo Albert, para que ele veja que estou cuidando bem de você, como prometi.

Às vezes, ele olhava para mim, e eu queria lhe dizer quanto eu desejava que ele assumisse o meu treinamento, pois o cabo era severo demais, e as minhas costelas e os meus cascos doíam.

– Para ser sincero, Joey, espero que a guerra termine antes que ele tenha idade suficiente para se alistar, pois, acredite, ela vai ser muito cruel e sangrenta. No refeitório, todos estão dizendo que vão acabar com os alemães, que a cavalaria vai enxotá-los para Berlim antes do Natal. Jamie e eu somos os únicos que pensam diferente, Joey. Temos nossas dúvidas. Nenhum deles deve ter ouvido falar a respeito de metralhadoras e de canhões. Eu lhe digo, Joey, que uma metralhadora pode ceifar a vida de um esquadrão inteiro da melhor cavalaria do mundo, seja ela alemã ou britânica. Veja o que aconteceu com a Brigada Leve em Balaclava, quando enfrentamos metralhadoras russas; parece que mais ninguém se lembra disso. Os franceses aprenderam a lição na Guerra Franco-Prussiana. Mas não adianta falar com eles, Joey. Se você falar, vão chamá-lo de derrotista ou de coisa pior. Honestamente, acho que alguns deles só estão interessados em vencer a guerra se a cavalaria puder vencer.

Ele se levantou, colocou o caderno debaixo do braço, caminhou até mim e fez um cafuné atrás de minhas orelhas.

– Você gosta disso, não gosta? Por trás desse seu fogo, dessa sua inquietação, existe uma criatura meiga e afável. Eu e você temos muito em comum. Nenhum de nós gostaria de estar aqui. Além disso, não conhecemos a guerra. Nunca atiramos em ninguém, não é verdade? Só espero não hesitar quando chegar a hora. Isso é o que mais me preocupa, Joey. Nem mesmo Jamie sabe disso, mas estou morrendo de medo. Então, é melhor que você tenha coragem de sobra para nós dois.

Uma porta se fechou com força no outro extremo do pátio, e ouvi o som familiar das botas batendo contra as lajes de pedra. Era o cabo Samuel Perkins, que estava inspecionando as baias no turno da noite, examinando cada uma delas, até que chegou à minha.

– Boa noite, senhor – disse ele, batendo continência com elegância. – Outro desenho?

– Eu não chamaria de desenho, cabo – disse o capitão Nicholls. – Eu faço o que posso para lhe fazer justiça. Ele não é o cavalo mais bonito do esquadrão? Nunca vi um cavalo tão harmonioso como ele. Você não concorda?

– Ah, sim! Ele é uma beleza, senhor – disse o cabo. Até mesmo a sua voz fina e áspera me dava medo, fazendo minhas orelhas se voltarem para trás. – Eu tenho que concordar. No entanto, beleza não põe mesa, não é verdade? Há coisas mais importantes do que a aparência. Como posso dizer?

– Escolha bem as palavras – disse o capitão Nicholls, um tanto ríspido –, pois você está falando do meu cavalo. Tome cuidado.

– Digamos que ele seja voluntarioso. Isso. Voluntarioso. Ele é ótimo em manobras, tem muita resistência, mas, na escola, senhor, ele é uma peste. É evidente que nunca foi adestrado. Como um cavalo de tração, ele foi treinado para o trabalho no campo. Para chegar à cavalaria, ele terá que aprender a aceitar a disciplina militar. Terá que aprender a obedecer instintivamente. O senhor não vai querer uma prima-dona quando as balas começarem a ser disparadas.

– Felizmente, cabo – disse o capitão Nicholls –, esta guerra vai ser travada nos campos de batalha e não nas escolas de equitação. Pedi que você treinasse Joey pois o considero o melhor adestrador do esquadrão, mas talvez você devesse pegar leve com ele. Lembre-se de onde ele veio. Joey é voluntarioso e precisa ser persuadido com delicadeza. Trate-o com carinho, cabo. Não quero que ele se torne amargo. Esse cavalo vai me levar para a guerra e, se eu tiver sorte, vai me trazer de volta para casa. Ele é especial para mim. Você sabe disso. Cuide dele como se fosse seu, está bem? Partiremos para a França em menos de uma semana. Se tivesse tempo, eu mesmo cuidaria da tarefa de adestrá-lo, mas estou ocupado tentando transformar soldados de infantaria em cavaleiros. Os cavalos nos carregam, cabo, mas não lutam por nós. Alguns soldados ainda pensam que vão derrotar os alemães a golpes de espada. Ainda pensam que vão espantá-los brandindo os seus sabres. Vamos ter que aprender a atirar... todos vamos ter que aprender a atirar, se quisermos vencer a guerra.

– É verdade, senhor – disse o cabo com um tom de respeito na voz. Ele estava submisso e dócil como eu nunca vira.

– E, cabo – disse o capitão Nicholls, caminhando em direção à saída da baia. – Quero que você o alimente melhor. Ele emagreceu um pouco. Eu diria que retrocedeu. Daqui a dois ou três dias, vou levá-lo para que conclua o treinamento de manobras e quero que ele esteja em forma e com um bom aspecto. Quero que ele seja o mais vistoso do esquadrão.

Foi somente na última semana de treinamento militar que eu comecei a me acostumar com o trabalho. O cabo Samuel Perkins tornou-se menos ríspido depois daquela noite. Abriu mão das esporas e deu-me um pouco mais de rédea. Agora, trabalhávamos menos na escola e mais em campo aberto, fazendo exercícios de formação. Aceitei melhor o freio e comecei a brincar com ele entre os dentes, como sempre fizera com o bridão. Comecei a apreciar a boa comida que me ofereciam, a escovação, toda a atenção e o carinho que eu recebia. À medida que os dias iam passando, comecei a pensar cada vez menos na fazenda, em Zoey e em minha vida antiga, mas o rosto e a voz de Albert permaneciam em minha lembrança, apesar da interminável rotina de trabalho que estava me transformando imperceptivelmente num cavalo de guerra.

Quando o capitão Nicholls veio me buscar para que eu concluísse o treinamento de manobras antes de partirmos para a guerra, eu estava conformado e até feliz com minha nova vida. Vestindo um traje de combate completo, o capitão Nicholls montou em mim pesadamente, e o regimento deslocou-se para a Planície de Salisbury. Lembro-me de que fazia calor e de que havia muitas moscas, pois ficamos parados sob o sol, esperando que as coisas acontecessem. Quando o sol da tarde começou a se pôr na linha do horizonte, o regimento alinhou-se por escalão, em posição de ataque, ponto máximo dos exercícios de manobra.

Os soldados receberam ordens para desembainhar a sua espada, e começamos a marchar. A atmosfera era de expectativa enquanto esperávamos pelo toque da corneta. Era como uma corrente elétrica que passava de cavaleiro para cavalo, de cavalo para cavalo, de soldado para soldado. Eu sentia no peito uma ansiedade tão forte que mal conseguia me conter. O capitão Nicholls liderava a tropa. A seu lado estava o seu amigo, o capitão

Jamie Stewart, que montava um cavalo que eu nunca tinha visto. Ele era alto, um garanhão negro e lustroso. Quando começamos a marchar, ergui os olhos rapidamente para ele, e nossos olhares se encontraram. Ele pareceu se envaidecer. Então a marcha transformou-se em trote e, por fim, em cânter. Ouvi o toque da corneta e vi o sabre do capitão Nicholls em riste acima de minha orelha direita. Ele se inclinou para a frente na sela, e começamos a galopar. O tropel dos cavalos, a poeira, o clamor e as vozes dos homens me dominaram, e eu fiquei à beira da euforia. Tudo era novo para mim. Corri a toda velocidade, os cascos mal tocando o chão, e distanciei-me do resto da tropa. O único cavalo que me acompanhou foi o garanhão negro e lustroso. Embora o capitão Nicholls e o capitão Stewart não tivessem dito nada, eu sabia que era importante não deixar que o outro cavalo me ultrapassasse. Quando olhei para o lado, vi que ele pensava a mesma coisa, pois seu olhar estava compenetrado, a testa franzida. Quando passamos pela posição "do inimigo", nossos cavaleiros nos frearam, até que ficamos lado a lado, bufando debaixo dos capitães, que também estavam ofegantes.

— Viu só, Jamie! — exclamou o capitão Nicholls com a voz cheia de orgulho. — Esse é o cavalo sobre o qual lhe falei. Encontrei-o no interior de Devon. Se tivéssemos continuado por mais tempo, seu Topthorn teria sido ultrapassado. Não há como negar.

Topthorn e eu nos entreolhamos, desconfiados. Ele era cerca de meio palmo mais alto do que eu, um cavalo grande e elegante, com porte majestoso. Seria o primeiro a competir comigo em termos de força, mas seu olhar era gentil, e ele não representava uma ameaça.

– Meu Topthorn é o melhor cavalo deste ou de qualquer outro regimento – disse o capitão Jamie Stewart. – Joey pode ser mais rápido e, confesso, é bonito para um puxador de carroça, mas Topthorn é mais resistente. Ele poderia ter continuado por muito mais tempo. Tem a força de oito cavalos. Quanto a isso, não há dúvida.

No caminho de volta para o quartel, os dois oficiais discutiram, cada um falando sobre as virtudes de seu cavalo, enquanto Topthorn e eu caminhávamos lentamente, lado a lado, a cabeça baixa, exaustos devido ao forte calor e à longa corrida. Fomos colocados em baias vizinhas naquela noite e, no dia seguinte, dividimos o mesmo espaço na embarcação adaptada que nos levou para a costa da França e para a guerra.

CAPÍTULO 6

HAVIA NO NAVIO UMA ATMOSFERA DE ENTUSIASMO e de expectativa. Os soldados estavam alegres e otimistas, como se estivessem indo para um grande piquenique militar. Pareciam não ter preocupações nesta vida. Quando fomos colocados nas baias, eles fizeram piadas e riram. Nós precisávamos da confiança deles, pois o mar estava agitado e, quando a embarcação começou a sacolejar sobre as vagas, muitos de nós ficaram nervosos e apreensivos. Alguns coicearam, tentando desesperadamente se libertar e ir à procura de chão firme, que não subisse e descesse ao sabor das ondas, mas os soldados ficaram ao nosso lado para nos segurar e confortar.

O meu conforto, no entanto, não veio do cabo Samuel Perkins, que segurou a minha cabeça durante a pior parte da tempestade, pois, até quando me acariciava, ele era autoritário e artificial. Quem me confortou foi Topthorn, que permaneceu calmo durante toda a viagem. Ele colocou a cabeça por cima da divisória da baia e deixou que eu descansasse em seu pescoço, enquanto tentava esquecer as oscilações da embarcação e o enorme barulho dos cavalos ao meu redor.

Logo que ancoramos, a atmosfera mudou. Os cavalos recobraram a compostura, com a terra firme sob seus cascos, mas os soldados se calaram e tinham a expressão sombria quando passamos pelas longas fileiras de homens feridos que esperavam para voltar para a Inglaterra. Quando desembarcamos e fomos conduzidos pelo cais, o capitão Nicholls se aproximou de mim e virou-se para o mar para que não vissem suas lágrimas. Havia feridos por toda parte – em macas, em muletas, em ambulâncias abertas. Eles tinham o semblante carregado de dor e de sofrimento. Tentavam parecer corajosos, mas até mesmo as piadas e os gracejos que gritavam para nós estavam repletos de tristeza e de sarcasmo. Nenhum sargento, nenhuma barreira inimiga seria capaz de silenciar um batalhão tão eficientemente quanto aquela cena terrível, pois foi ali que os homens viram pela primeira vez o tipo de guerra que teriam de enfrentar, e nenhum dos membros do batalhão estava preparado para aquilo.

Quando chegamos a campo aberto, o batalhão despiu-se da mortalha de desânimo que não lhes era comum e recobrou a alegria. Sobre as selas dos cavalos, os homens voltaram a cantar e a rir uns para os outros. Tivemos de marchar pelas estradas de terra durante todo aquele dia e o dia seguinte. Fazíamos pequenas paradas de hora em hora e em seguida continuávamos, até o cair da noite. Então montávamos acampamento perto de algum vilarejo, às margens de um riacho. Fomos muito bem tratados durante a viagem. Os cavaleiros desmontavam e caminhavam ao nosso lado para nos dar o tão merecido descanso, mas a melhor parte eram os baldes de água fresca que eles traziam para nós sempre que parávamos perto de um riacho. Antes de beber, Topthorn punha a cabeça dentro d'água e a balançava, fazendo espirrar água gelada em meu focinho e em meu rosto.

Nós, cavalos, ficávamos presos em fileiras escalonadas, ao ar livre, e, como tínhamos feito isso durante o treinamento na Inglaterra, já estávamos acostumados a viver ao relento. No entanto, estava mais frio, e os nevoeiros úmidos do outono deixando-nos molhados. Pela manhã e à noite, recebíamos bastante forragem e um bornal cheio de milho e pastávamos sempre que era permitido. Assim como os homens, tínhamos de nos alimentar dos produtos da terra o mais possível.

Cada hora de marcha nos aproximava mais e mais dos distantes disparos de canhão e agora, já noite, o horizonte se iluminava com sinalizadores cor de laranja de um extremo ao outro. Eu ouvira tiros de rifle no quartel, e isso não me incomodara nem um pouco, mas o crescente estrondo dos canhões dava-me arrepios de medo e transformava o meu sono numa sucessão de pesadelos entrecortados. No entanto, sempre que eu acordava, trazido de volta à consciência pelos disparos de canhão, eu via que Topthorn estava ao meu lado, inspirando-me com sua bravura. Aquilo foi como um lento batismo de fogo para mim, e, se não fosse por Topthorn, eu jamais teria me acostumado com os canhões, pois a violência dos estouros, que se tornavam mais audíveis à medida que nos aproximávamos da linha de frente, tirava-me a força e a coragem.

Topthorn e eu marchávamos sempre juntos, lado a lado, pois o capitão Nicholls e o capitão Stewart raramente estavam separados. Eles pareciam espiritualmente distanciados da alegria dos outros oficiais. Quanto mais eu conhecia o capitão Nicholls, mais eu gostava dele. Ele me cavalgava como Albert o fazia, com a mão suave e os joelhos firmes em meus flancos, de modo que, apesar de seu tamanho – ele era um homem grande –, parecia leve sobre mim. E ele sempre tinha palavras calorosas de estímulo ou de gratidão depois de uma longa cavalgada. Essa era uma mudança bem-vinda, uma vez que o cabo Samuel Perkins tinha me cavalgado duramente no meu treinamento. Às vezes, eu o via de relance e tinha pena do cavalo que ele estava montando.

Diferentemente de Albert, o capitão Nicholls não costumava cantar nem assobiar, mas conversava comigo sempre que ficávamos sozinhos. Parecia que ninguém sabia onde o inimigo estava. Não havia dúvida de que ele estava avançando e nós, recuando. Nós deveríamos tentar impedir que o inimigo nos flanqueasse – não queríamos que o inimigo ficasse entre nós e o mar, expondo o flanco das forças expedicionárias britânicas. No entanto, primeiro o esquadrão tinha que encontrar o inimigo, mas parecia que ele não estava em lugar nenhum. Percorremos o campo durante dias, até que finalmente deparamos com ele – foi um dia inesquecível, o dia da nossa primeira batalha.

Correram pela tropa boatos de que o inimigo tinha sido avistado, um batalhão de infantaria em marcha. Ele estava em campo aberto, a cerca de dois quilômetros de distância, escondido atrás de uma densa floresta de carvalhos que se estendia à margem da estrada. Soaram as ordens: "Avançar! Formar esquadrão! Desembainhar espadas!" Como se fossem um só, os homens inclinaram-se ao mesmo tempo e tiraram as espadas. O ar se iluminou com o clarão do metal antes que as espadas se acomodassem nos ombros dos soldados. "Batalhão, ombro direito!", soou a ordem, e, em formação, entramos na floresta. Senti os joelhos do capitão Nicholls pressionando os meus flancos. Ele me deu um pouco mais de rédea. Seu corpo estava tenso, e, pela primeira vez, ele pareceu pesar sobre as minhas costas.

– Calma, Joey – ele disse, com a voz baixa. – Calma, garoto. Não tenha medo. Vamos sair dessa. Não se preocupe.

Voltei-me para Topthorn, que já caminhava na ponta dos cascos, pronto para a carreira que, sabíamos, estava por vir. Aproximei-me dele instintivamente, e, então, quando a corneta soou, investimos contra o inimigo, deixando para trás as sombras do bosque, em direção às luzes da batalha.

O suave roçar do couro, o tinir dos arreios e as ordens gritadas às pressas foram abafados pelo tropel dos cascos e pelo grito dos cavaleiros quando nos precipitamos sobre o inimigo, no vale abaixo de nós. Com o canto do olho, vi o lampejo da pesada espada do capitão Nicholls. Senti suas esporas em meus flancos e ouvi o seu grito de batalha. Vi à nossa frente soldados cinzentos erguendo rifles em nossa direção e ouvi o estrondo de uma metralhadora. De repente, percebi que eu não tinha mais cavaleiro e que não havia peso nenhum sobre minhas costas. Vi-me sozinho na frente do batalhão. Topthorn não estava mais do meu lado, mas, com os cavalos atrás de mim, eu sabia que a única coisa que me restava fazer era seguir em frente. O medo se apoderou de mim. Os estribos soltos me chicoteavam, incitando-me a correr. Sem cavaleiro para carregar, fui o primeiro a alcançar os soldados da infantaria, que estavam ajoelhados e dispersaram quando me lancei sobre eles.

Corri até me ver sozinho e longe do clamor da batalha, e teria continuado se não tivesse visto Topthorn novamente ao meu lado. O capitão Stewart inclinou-se na sela, pegou a minha rédea e me levou de volta para o campo de batalha.

Ouvi os soldados dizerem que havíamos vencido, mas havia cavalos mortos e feridos por toda parte. Mais de um quarto do batalhão foi dizimado naquela rápida investida. Tudo foi tão rápido e tão mortal. Uma multidão de prisioneiros com fardas cinzentas foi levada para a floresta, enquanto o batalhão se reagrupava para compartilhar histórias extravagantes sobre uma vitória que tinha acontecido quase que por acaso, em vez de ter sido planejada.

Nunca mais vi o capitão Nicholls, e isso me trouxe uma enorme e terrível tristeza, pois ele tinha sido bom, gentil e atencioso comigo, como prometera. Eu ainda não sabia, mas havia poucos homens como ele neste mundo.

– Ele teria se orgulhado de você, Joey – disse o capitão Stewart, conduzindo-me de volta para as fileiras, junto com Topthorn. – Teria se orgulhado da maneira como você continuou correndo. Ele morreu liderando a investida, e você a terminou por ele. Ele teria se orgulhado.

Topthorn me fez companhia enquanto montávamos acampamento na borda da floresta. Ficamos olhando para o vale enluarado, e desejei estar em casa, na fazenda. Apenas a tosse e os passos dos soldados quebravam o silêncio da noite. As armas finalmente se calaram. Topthorn deitou-se ao meu lado, e dormimos.

CAPÍTULO 7

NO DIA SEGUINTE, LOGO DEPOIS DO TOQUE DE alvorada, revirávamos os bornais à procura dos últimos grãos de aveia quando vi o capitão Jamie Stewart caminhando a passos largos em nossa direção. Atrás dele, usando um longo sobretudo, vinha um jovem soldado que eu nunca tinha visto. Debaixo do quepe, seu rosto jovem e rosado lembrava um pouco o de Albert. Acho que o deixei nervoso, pois ele se aproximou de mim com relutância.

O capitão Stewart tocou as orelhas e o focinho de Topthorn, como costumava fazer todas as manhãs, e depois, esticando o braço, deu um tapinha carinhoso em meu pescoço.

– É esse aqui, soldado Warren – disse o capitão Stewart. – Chegue mais perto. Ele não morde. Esse é o Joey. Ele pertenceu ao meu melhor amigo. Portanto, cuide bem dele, ouviu? – Seu tom de voz era firme, mas acessível. – E lembre-se, soldado, de que vou ficar de olho em você o tempo todo, pois esses dois cavalos são inseparáveis. Eles são os melhores cavalos do batalhão e sabem disso. – Ele voltou-se para mim e tirou a crina de meus olhos. Depois suspirou: – Cuide bem dele, Joey. Ele é apenas um garoto e já passou maus bocados nesta guerra.

Quando o batalhão saiu da floresta naquela manhã, descobri que já não tinha permissão para caminhar ao lado de Topthorn, pois agora eu era apenas um dos cavalos que seguiam atrás dos oficiais, numa longa coluna de soldados. No entanto, todas as vezes que parávamos para comer ou para beber água, o soldado Warren me levava até Topthorn, para que pudéssemos ficar juntos.

O soldado Warren não era um bom cavaleiro – senti isso assim que ele me montou. Ele sempre ficava tenso na sela e cavalgava pesadamente, como um saco de batatas. Não tinha a experiência e a confiança do cabo Samuel Perkins, nem a elegância e a sensibilidade do capitão Nicholls. Equilibrava-se mal em cima de mim e mantinha a rédea curta demais, de modo que eu precisava jogar a cabeça para a frente a fim de soltá-la. No entanto, quando ele desmontava, ele se tornava a mais gentil das pessoas. Cuidava de mim com interesse e carinho, sempre atento aos esparavões, às assaduras e aos ferimentos doloridos causados pelo atrito com a sela. Por esse motivo, eu lhe era muito agradecido. Ele se preocupava comigo mais do que qualquer outro soldado. Nos meses que se seguiram, foi a sua carinhosa devoção que me manteve vivo.

Participamos de pequenos combates naquele primeiro outono da guerra, mas éramos utilizados menos como cavalaria e mais como transporte para a infantaria montada – exatamente como o capitão Nicholls previra. Quando deparávamos com o inimigo, os soldados desmontavam, sacavam os rifles, e os cavalos ficavam para trás, sob os cuidados de alguns homens, de modo que não víamos as batalhas, mas ouvíamos os tiros de rifle e as rajadas de metralhadora. Quando os soldados voltavam, e o batalhão se deslocava, havia sempre um ou dois cavalos sem cavaleiros.

Marchávamos dias a fio, até que ouvíamos o ruído de alguma motocicleta passando por nós em meio ao pó da estrada. Então, os oficiais gritavam as ordens e faziam soar a corneta estridente, e o batalhão saía da estrada e ia para a batalha mais uma vez.

Foi numa dessas longas e sufocantes noites de marcha que o soldado Warren começou a falar comigo. Ele me contou que o seu cavalo e o capitão Nicholls foram mortos na mesma investida e que, poucas semanas antes, ele estava trabalhando como ferreiro na loja do pai. Então a guerra eclodiu. Ele não queria se alistar, mas o fidalgo que alugava a loja insistiu para que ele fosse enviado para a guerra. Como havia crescido rodeado de cavalos, escolheu a cavalaria.

– Sabe de uma coisa, Joey? – disse certa vez, enquanto tirava as minhas ferraduras. – Depois daquela primeira batalha, eu pensei que nunca mais fosse montar, mas não por causa dos tiroteios. O que me dava medo era a ideia de ter que montar outro cavalo. Não é esquisito? Afinal de contas, sou ferreiro. Mas não importa, já superei esse medo. Tudo graças a você, Joey. Você me devolveu a confiança. É como se agora eu pudesse fazer qualquer coisa. Quando estou com você, sinto-me como um cavaleiro de armadura.

Então o inverno chegou, e começou a chover torrencialmente. No começo, aquilo foi refrescante e agradável, um descanso bem-vindo do pó e das moscas, mas os campos e os caminhos logo se transformaram em poças cheias de lama. O batalhão não tinha onde montar acampamento, pois havia poucos lugares abrigados da chuva, de modo que tanto os homens quanto os cavalos ficavam permanentemente encharcados. À noite, dormíamos ao relento, e a lama fria escorria pelas nossas crinas, mas o soldado Warren cuidava de mim, colocando-me em locais abrigados sempre que possível, esfregando palha seca em meu corpo para me aquecer e garantindo que eu recebesse fartas rações de aveia, a fim de manter a saúde. À medida que as semanas passavam, o orgulho que ele tinha de mim, de minha força, de minha resistência, crescia, assim como o carinho que eu sentia por ele. Se pelo menos ele pudesse cuidar de mim e deixar que outro cavaleiro me montasse...

O soldado Warren gostava de falar sobre a guerra. Ele dizia que seríamos levados para quartéis de reserva, para longe da linha de frente. Tudo indicava que, entrincheirados na lama, os dois exércitos haviam chegado a um impasse. Os abrigos subterrâneos tinham se transformado em trincheiras, e as trincheiras tinham se unido, formando uma linha tortuosa que se estendia do mar até a fronteira com a Suíça. Ele dizia que na primavera seríamos usados na tentativa de acabar com esse impasse. Só a cavalaria seria capaz de transpor as trincheiras, e, segundo ele, nós mostraríamos o caminho para a infantaria. Antes disso, teríamos de sobreviver ao inverno, até que o solo ficasse duro e a cavalaria pudesse ser usada com eficiência.

Topthorn e eu passamos aquele inverno tentando nos proteger da neve e da chuva fina, enquanto, ao longe, os dois exércitos se alvejavam dia e noite, sem parar. Vimos soldados alegres sorrindo sob capacetes de metal e marchando rumo à linha de frente assobiando, cantando e fazendo piadas, e vimos os sobreviventes retornando, abatidos e calados, debaixo de capas molhadas.

De vez em quando, o soldado Warren recebia cartas da Inglaterra e vinha lê-las para mim em voz baixa, para que ninguém mais ouvisse. As cartas eram todas de sua mãe e diziam sempre a mesma coisa.

> — *"Querido Charlie" — lia ele. — "Seu pai e eu esperamos que você esteja bem. Sentimos a sua falta no Natal. A mesa da cozinha parece vazia sem você. Seu irmãozinho faz o que pode para nos ajudar, e seu pai diz que ele está se saindo muito bem, embora seja muito pequeno e fraco demais para lidar com os cavalos. Minnie Whittle, a velha viúva da Fazenda Han-*

*niford, morreu na semana passada, enquanto dormia.
Tinha oitenta e poucos anos, então não pode reclamar
de nada, se bem que, se pudesse, acho que ela recla-
maria. Ela era uma velha rabugenta, está lembrado?
Bom, filho, essas são as notícias. Sally, a menina do
vilarejo, mandou um abraço e disse que ainda vai lhe
escrever. Proteja-se, querido, e volte logo.*

Com amor, sua Mãe."

– Sally não vai escrever, Joey, porque ela é semianalfa-
beta. No entanto, quando tudo isso acabar, vamos nos
casar. Eu cresci com ela, Joey, e a conheço desde pequeno. Acho que a conheço tão bem quanto a mim mesmo,
e gosto muito mais dela do que de mim.

O soldado Warren ajudou a quebrar a terrível mono-
tonia daquele inverno. Ele me alegrava, e eu sentia que
Topthorn também gostava de suas visitas. Ele nunca
soube o bem que nos fez. Naquele inverno, muitos cavalos foram levados para o hospital veterinário e nunca
mais voltaram. Passávamos o dia ao relento, como animais de caça, de modo que nossos quartos traseiros ficavam permanentemente expostos à lama e à chuva. Os
mais fracos eram os que mais sofriam, pois tinham menos resistência e logo ficavam doentes, mas Topthorn e

eu conseguimos chegar à primavera, Topthorn tendo sobrevivido a uma tosse severa que fazia todo o seu corpo tremer como se estivesse sendo rasgado por dentro. Foi o capitão Stewart quem o salvou, alimentando-o com mingau de farelo e cobrindo-o da melhor maneira possível durante as nevascas.

Então, numa noite gelada do início da primavera, em que a neve cobria o nosso corpo, inesperadamente os soldados vieram cedo às nossas fileiras. Ainda não amanhecera. Houvera intensa troca de tiros durante aquela noite, e, no acampamento, todos estavam agitados e entusiasmados. Aquilo não seria um exercício de rotina. Os soldados usavam uniforme completo e traziam consigo dois boldriés com cartucheira, uma mochila com máscara de gás, um rifle e uma espada. Fomos encilhados e conduzidos silenciosamente para fora do acampamento, seguindo pela estrada. Os soldados falavam sobre a batalha que estava por vir, e toda a nossa frustração e irritação com a ociosidade que nos havia sido imposta foi aos poucos desaparecendo, enquanto ouvíamos as suas canções. O soldado Warren cantava tão expansivamente quanto qualquer um. No lusco-fusco da madrugada, o batalhão uniu-se ao regimento nas ruínas de uma pequena aldeia habitada por gatos e esperou durante uma hora, até que a luz pálida do amanhecer despontasse no horizonte. Os tiros de canhão continuavam ribombando pelos ares, e o chão tremia sob os nossos cascos. Passamos pelos hospitais de campanha e pela infantaria leve, atravessamos as trincheiras de apoio e pela primeira vez vimos o campo de batalha. A devastação estava por toda parte. Nenhum edifício estava intacto. Nenhuma folha de grama crescia no solo revirado e sujo. A cantoria cessou, e avançamos num silêncio agourento, atravessando trincheiras abarrotadas de homens armados com rifles e baionetas. Muitos deles nos incentivaram com palavras de apoio quando pisamos ruidosamente as tábuas que levavam ao ambiente inóspito da terra de ninguém, para uma selva feita de arame farpado, buracos e destroços. De repente, os canhões se calaram. Tínhamos atravessado o arame farpado. O batalhão se abriu como um leque, formando fileiras desiguais. Ouvimos o toque da corneta. Senti a picada das esporas em meus flancos e lancei-me num trote, ao lado de Topthorn.

– Faça com que eu sinta orgulho de você, Joey – disse o soldado Warren, desembainhando a espada. Faça com que eu sinta orgulho de você.

CAPÍTULO 8

POR UM MOMENTO, SEGUIMOS EM FRENTE, TROTANDO como tínhamos feito durante o treinamento. No silêncio enigmático da terra de ninguém, ouvia-se apenas o tilintar dos arreios e o bufar dos cavalos. Contornamos as crateras abertas pelas bombas tentando manter a formação. Mais à frente, no topo de uma colina suave, vimos um bosque parcialmente destruído por balas de canhão e, logo abaixo, um rolo enorme de arame farpado, enferrujado, que se estendia de um extremo a outro.

– Arame farpado – ouvi o soldado Warren sussurrar por entre os dentes. – Deus do céu, Joey! Eles disseram que os canhões dariam um jeito no arame farpado. Deus do céu!

Agora corríamos a meio galope, e ainda não havia sinal do inimigo. Inclinados para a frente, os sabres esticados em posição horizontal, os soldados desafiavam o adversário invisível. Lancei-me num galope para ficar ao lado de Topthorn. Então, os primeiros tiros foram desferidos sobre nós. As metralhadoras abriram fogo. A batalha havia recomeçado. Ao meu redor, homens gritavam e caíam, enquanto cavalos empinavam e relinchavam, tomados pelo medo e pela dor. O chão se erguia de ambos os lados, jogando cavalos e cavaleiros para cima. As bombas chiavam e rosnavam no céu, e cada explosão parecia um terremoto, mas o batalhão avançou sob o fogo inimigo, em direção ao arame farpado que estava no topo da colina, e eu fui com eles.

O soldado Warren apertou os meus flancos com os joelhos. Tropecei e senti que um de seus pés saiu do estribo. Então, reduzi a velocidade para que ele se aprumasse na sela. Topthorn estava na minha frente, a cabeça erguida, o rabo chicoteando para um lado e para o outro. Busquei forças e corri atrás dele. O soldado Warren começou a rezar, mas suas orações se transformaram em imprecações quando ele viu a carnificina do campo de batalha. Apenas alguns cavalos conseguiram chegar ao arame farpado, e Topthorn e eu estávamos entre eles. Os tiros de canhão tinham aberto algumas passagens na barreira de arame farpado, de modo que conseguimos ultrapassá-la. Então, deparamos com a primeira linha de trincheiras inimigas. Estavam vazias. Os tiros vinham agora do alto da colina. O batalhão, ou o que havia restado dele, reagrupou-se e galopou em direção ao inimigo, apenas para se chocar com outra barreira de arame farpado escondida entre as árvores. Alguns cavalos não conseguiram frear a tempo e ficaram presos, e seus cavaleiros tentaram soltá-los desesperadamente. Um soldado desmontou ao ver que seu cavalo tinha ficado preso. Ele puxou o rifle e atirou no animal antes de cair morto sobre o arame farpado. Não havia brechas na barreira. Eu teria de saltar sobre ela. Quando vi Topthorn e o capitão Stewart atravessando pelo ponto mais baixo, corri atrás deles. Então deparamos com o inimigo. Com seus quepes pontiagudos, eles saíram de trás de cada árvore, de cada trincheira, para contra-atacar. Passaram por nós como se fôssemos invisíveis, até que nos vimos cercados por uma companhia de soldados, que apontavam seus rifles para nós.

Os canhões e os rifles silenciaram de repente. Olhei ao redor, procurando o resto do batalhão, e vi que estávamos sozinhos. Atrás de nós, os cavalos sem cavaleiros, tudo o que havia restado de um orgulhoso batalhão de cavalaria, galopavam de volta para as nossas trincheiras, e na encosta havia muitos corpos sem vida ou agonizando.

– Solte a espada, soldado – disse o capitão Stewart, curvando-se na sela e soltando a espada no chão. – Chega de mortes por hoje. Não faz sentido querer se juntar a eles. – Ele trouxe Topthorn para o nosso lado. – Soldado, eu lhe disse que tínhamos os melhores cavalos do batalhão, e hoje eles provaram que são os melhores do regimento. Não sofreram nenhum arranhão.

Quando os alemães se aproximaram, ele desmontou, e o soldado Warren fez o mesmo. Os dois ficaram um ao lado do outro, segurando as nossas rédeas. Olhamos para o campo de batalha. Alguns cavalos ainda tentavam se desvencilhar do arame farpado, mas, um a um, foram sendo sacrificados pela infantaria alemã, que tinha avançado para retomar as trincheiras. Esses foram os últimos tiros da batalha.

– Que desperdício – disse o capitão. – Talvez agora eles vejam que não podem mandar cavalos contra arame farpado e metralhadoras. Talvez agora eles pensem duas vezes.

Os soldados alemães mantiveram distância, desconfiados. Eles pareciam não saber o que fazer conosco.

– E quanto aos cavalos, senhor? – perguntou o soldado Warren. – Joey e Topthorn, o que acontecerá com eles?

– A mesma coisa que acontecerá conosco, soldado – disse o capitão Stewart. – Assim como nós, eles serão transformados em prisioneiros de guerra.

Escoltados pelos soldados alemães, subimos a colina e descemos a encosta pelo outro lado. Ali o vale continuava verde, pois a batalha ainda não tinha chegado àquela parte. O soldado Warren manteve o braço sobre o meu pescoço o tempo todo, tentando me confortar, e senti que ele estava começando a se despedir de mim.

Ele disse baixinho em meu ouvido:

– Acho que você não vai poder vir comigo, Joey. Eu queria que isso fosse possível, mas não é. Nunca vou esquecê-lo. Isso eu prometo.

– Não se preocupe, soldado – disse o capitão Stewart. – Os alemães também gostam de cavalos. Eles vão ficar bem. Além disso, Topthorn vai cuidar do seu Joey. Disso você pode ter certeza.

Quando chegamos à estrada, fomos barrados pelos soldados alemães. O capitão Stewart e o soldado Warren seguiram em direção às ruínas de um antigo vilarejo, enquanto Topthorn e eu fomos levados para os campos que cobriam o vale. Não houve tempo para longas despedidas – apenas um breve afago no focinho de cada um, e eles se foram. A distância, vi o capitão Stewart passando o braço sobre os ombros do soldado Warren.

CAPÍTULO 9

FOMOS ESCOLTADOS POR DOIS SOLDADOS NERVOSOS, que nos conduziram pelos caminhos da fazenda, atravessando pomares e uma ponte, até que fomos amarrados do lado de fora de uma tenda hospitalar que ficava a alguns quilômetros de distância do local onde tínhamos sido capturados. Um grupo de soldados feridos nos cercou. Eles nos deram tapinhas suaves e nos acariciaram, e eu comecei a balançar o rabo, impaciente. Eu estava com fome, com sede e com raiva por ter sido separado de meu soldado Warren.

Ninguém parecia saber o que fazer conosco, até que um oficial que vestia um sobretudo cinza e tinha uma atadura na cabeça saiu da tenda. Ele era muito alto, pelo menos dois palmos mais alto do que qualquer um dos presentes. Seu modo de andar indicava que ele exercia um cargo de autoridade. A atadura cobria um de seus olhos, portanto apenas metade do seu rosto ficava visível. Quando caminhou até nós, vi que ele estava mancando. Um dos pés estava envolto em ataduras, e ele precisava de uma bengala para se apoiar. Os soldados recuaram e se colocaram em posição de sentido. Ele olhou para nós com admiração, balançando a cabeça e suspirando ao mesmo tempo. Depois se virou para os homens:

– Hoje, centenas de cavalos morreram no arame farpado. Eu lhes digo que, se tivéssemos um décimo da coragem desses animais, não estaríamos aqui chafurdando na lama. Estaríamos em Paris. Esses dois cavalos passaram por maus bocados para chegar até aqui. Eles são os únicos sobreviventes. Não têm culpa se foram enviados numa missão tola. Eles não são animais de circo. São heróis, entenderam? Heróis! Merecem ser tratados com respeito. E vocês ficam aí parados, olhando para eles. Vocês não estão tão machucados assim, e o médico disse que está ocupado demais para atendê-los. Então, tirem as selas desses cavalos, esfreguem o seu pelo, tragam comida e água. Eles vão precisar de aveia e de feno, além de cobertores. Vamos, mexam-se!

Os soldados dispersaram, correndo para todos os lados, e depois de alguns minutos voltaram para cobrir Topthorn e eu de regalias, apesar de sua falta de jeito. Nenhum deles parecia saber como cuidar de um cavalo, mas isso não importava, e ficamos agradecidos pela forragem e pela água que nos trouxeram. Não nos faltou nada naquela manhã. De longe, apoiado na bengala, à sombra de uma árvore, o oficial alto ficou nos observando o tempo todo. De vez em quando, ele vinha até nós e passava a mão em nossas costas, do pescoço aos quartos traseiros, meneando a cabeça positivamente e ensinando aos homens os rudimentos da arte de criar cavalos, enquanto nos examinava. Depois de algum tempo, um homem de jaleco branco, cabelos desalinhados e o rosto pálido de cansaço saiu da tenda e foi falar com o oficial. Havia sangue em seu jaleco.

— Ligaram do Quartel-General para falar a respeito dos cavalos, *herr* Hauptmann — disse o homem vestido de branco. — Eles disseram que eu posso usá-los para carregar as macas. Sei que o senhor não gosta disso, mas não posso permitir que fique com eles. Precisamos deles urgentemente, e, do jeito que as coisas estão caminhando, acho que vamos precisar ainda mais. Esse foi apenas o primeiro ataque. Estamos esperando uma ofensiva constante, uma longa batalha. Parece que somos iguais de ambos os lados. Depois que começamos, temos que fazer valer o nosso ponto de vista a qualquer custo. E isso consome tempo e vidas. Vamos precisar de todas as ambulâncias de que pudermos dispor, sejam elas mecanizadas ou puxadas por cavalos.

O oficial aprumou-se para ficar o mais alto possível e foi formidável vê-lo avançar sobre o homem de jaleco branco.

– Doutor, o senhor não tem o direito! Onde já se viu usar cavalos do exército britânico para puxar carroça? Qualquer um de nossos regimentos de cavalaria, até mesmo o meu próprio regimento, gostaria de ter criaturas formidáveis como essas em suas frentes. Você não pode fazer isso, doutor. Eu não vou permitir.

– *Herr* Hauptmann – disse o médico sem se exaltar. Ele não estava nem um pouco intimidado. – Você acha mesmo que alguém vai ser louco a ponto de usar a cavalaria depois do que se viu esta manhã? Precisamos urgentemente de ambulâncias, *herr* Hauptmann. E nós precisamos agora. Nossas trincheiras estão cheias de corajosos soldados alemães e ingleses feridos, deitados em macas, e não temos como trazê-los para esse hospital. O senhor quer que eles morram, *herr* Hauptmann? Diga-

-me. Quer que eles morram? Se atrelarmos esses cavalos a uma carroça, vamos salvar centenas deles. Não temos ambulâncias para o serviço, e as ambulâncias mecanizadas quebram ou atolam. Por favor, *herr* Hauptmann. Precisamos de sua ajuda.

– O mundo enlouqueceu – disse o oficial alemão, balançando a cabeça. – Duas nobres criaturas como essas sendo forçadas a trabalhar como animais de tração? Isso é loucura. Mas eu acho que você tem razão. Eu sou lanceiro, doutor, mas sei que homens são mais importantes que cavalos. Eu só peço que eles sejam conduzidos por soldados que entendam de cavalos. Não quero que um mecânico qualquer encoste as mãos sujas neles. Lembre-se de que eles são cavalos de montaria. Tenho certeza de que não vão gostar de puxar carroças, ainda que a causa seja nobre.

– Obrigado, *herr* Hauptmann – disse o médico. – O senhor é muito gentil, mas tenho um problema. Os cavalos vão precisar de um especialista que os ensine a puxar a carroça, mas eu só tenho enfermeiros. Um deles trabalhou numa fazenda antes da guerra, mas, para ser sincero, *herr* Hauptmann, acho que o senhor é o único capaz de lidar com esses dois. Vamos mandá-lo para a Base Hospitalar no próximo comboio, mas as ambulâncias só chegam à noite. Sei que é pedir demais a um homem ferido, mas, como pode ver, estou desesperado. O fazendeiro que mora aqui perto deve ter carroças e arreios. O que me diz? O senhor pode ajudar?

O oficial veio mancando até nós e acariciou os nossos focinhos. Depois sorriu e assentiu com a cabeça.

– Está bem. Mas isso é um sacrilégio, doutor. Um sacrilégio – insistiu o oficial. – No entanto, se alguém tem que fazer isso, prefiro que seja eu. Assim, posso garantir que seja bem-feito.

Na mesma tarde em que fomos capturados, Topthorn e eu fomos atrelados a uma velha carroça de carregar feno. O oficial ensinou dois subalternos a conduzir a carroça, e fomos levados de volta para o estouro dos canhões, na direção dos soldados feridos. Topthorn ficou nervoso, pois jamais tinha puxado uma carroça, e eu finalmente pude ajudá-lo em alguma coisa, servindo como guia, como consolo, como substituto. No começo, o oficial nos conduziu a pé, ao meu lado, apoiando-se na bengala, mas logo ganhou confiança para subir na carroça com os dois subalternos e assumiu as rédeas.

– Vejo que você já fez isso antes, meu amigo – disse ele. – Eu sempre pensei que os britânicos fossem loucos, mas agora tenho certeza. Onde já se viu usar cavalos de montaria para puxar carroça? É a guerra da loucura. Vence quem for mais louco. E parece que vocês, britânicos, levam vantagem nesse aspecto, pois já eram loucos antes de a guerra começar.

Levamos a carroça vazia até a linha de frente, carregamos as macas e as trouxemos de volta para o Hospital de Campanha. Fizemos isso várias vezes, até escurecer. Tínhamos de percorrer muitos quilômetros a cada viagem, subindo e descendo trilhas esburacadas, cheias de homens e cavalos mortos. Os bombardeios eram constantes de ambos os lados. As bombas cortavam o céu o dia todo, enquanto os dois exércitos enviavam homens para dar combate na terra de ninguém. Muitos feridos que ainda conseguiam caminhar voltavam pela estrada. Eu vira aqueles rostos sujos olhando por baixo do capacete em algum lugar. O que mudara eram as fardas – agora, cinzas com debrum vermelho –, e os capacetes pontiagudos.

Era quase noite quando o oficial alto foi embora, despedindo-se de nós e do médico com um aceno de mão, enquanto a ambulância desaparecia no horizonte. O médico virou-se para os subalternos que haviam trabalhado conosco o dia todo:

– Cuidem bem desses dois. Eles salvaram vidas preciosas tanto do lado alemão quanto do lado inglês. Merecem tudo o que de melhor pudermos oferecer. Façam isso.

Naquela noite, pela primeira vez depois de meses, Topthorn e eu dormimos num estábulo. Os porcos e as galinhas foram tirados do galpão da fazenda que ficava do outro lado do vale, e fomos levados para o interior do estábulo improvisado, onde encontramos um coxo cheio de feno e baldes de água fresquinha.

Naquela noite, depois que terminamos de comer nosso feno, Topthorn e eu nos deitamos no fundo do galpão. Eu estava semiacordado, de modo que só poderia pensar em meus músculos doloridos e em meus cascos machucados. Então a porteira rangeu e se abriu, e o estábulo se encheu de uma luz laranja trêmula. Atrás da luz ouviam-se passos. Levantei a cabeça e fui tomado por uma sensação de pânico. Por um breve instante, imaginei que eu estava de volta ao estábulo da fazenda, com Zoey. A luz trêmula tinha acionado uma espécie de mecanismo de defesa no meu corpo, trazendo lembranças do pai de Albert. Fiquei em pé instantaneamente e comecei a recuar, afastando-me da luz, com Topthorn ao meu lado, protegendo-me. Entretanto, quando ouvi a voz, eu me dei conta de que não era a voz áspera e bêbada do pai de Albert, mas a voz gentil e suave de uma menina pequena. Agora eu podia ver que havia duas pessoas atrás da luz: um velho curvado com roupas grosseiras e tamanco e uma garotinha com a cabeça e os ombros envoltos num xale.

– Aqui está, vovô – disse a menina. – Não falei que eles estavam aqui? Já viu coisa mais bonita? Posso ficar com eles, vovô? Posso? Por favor!

CAPÍTULO 10

SE FOR POSSÍVEL SER FELIZ EM MEIO A UM PESADELO, acho que Topthorn e eu fomos felizes naquele verão. Todos os dias, fazíamos a mesma viagem arriscada até a linha de frente, que, apesar das contínuas manobras ofensivas e defensivas, movia-se apenas alguns metros para um lado ou para o outro. Puxando a ambulância que trazia das trincheiras os feridos e os moribundos, tornamo-nos uma visão familiar na estrada esburacada. Por mais de uma vez, fomos aplaudidos por soldados que marchavam para a linha de frente à medida que passavam por nós. Certa vez, depois de termos atravessado o campo de batalha penosamente, cansados demais para sentir medo diante do devastador fogo cruzado, um dos soldados que tinha o uniforme coberto de sangue e de lama veio até nós, colocou o braço bom sobre o meu pescoço e me beijou.

– Obrigado, meu amigo – disse ele. – Pensei que não fossem conseguir nos tirar daquele buraco infernal. Encontrei isto ontem, pensei em guardar para mim, mas agora já sei o que fazer. – Esticou o braço e colocou em volta de meu pescoço uma fita enlameada que tinha na ponta uma Cruz de Ferro. – Você terá que compartilhá--la com o seu amigo. Ouvi dizer que vocês são ingleses. Aposto que vocês são os primeiros ingleses nesta guerra a receber uma Cruz de Ferro. E os últimos que eu poderia imaginar.

Os feridos que esperavam do lado de fora da tenda hospitalar bateram palmas e nos ovacionaram, fazendo com que médicos, enfermeiros e pacientes saíssem da tenda para ver o que merecia aplausos em meio a tanta desgraça.

Nossa Cruz de Ferro foi pendurada do lado de fora da porteira do estábulo. Nos raríssimos dias silenciosos, em que os bombardeios eram interrompidos e não era necessário que fizéssemos a jornada até a frente de batalha, alguns feridos vinham até o pátio da fazenda para nos visitar. Embora surpreso com tanta adulação, eu adorava isso tudo. Eu erguia a cabeça acima da porteira sempre que os ouvia entrando no pátio. E ficávamos ali, Topthorn e eu, ao lado da porteira, à espera de nossa ilimitada ração de elogios e de admiração, às vezes acompanhada de um presente, que consistia em torrões de açúcar ou uma maçã.

Foram as noites daquele verão, no entanto, que ficaram impressas em minha memória. Muitas vezes, só chegávamos ao pátio da fazenda de madrugada, mas sempre encontrávamos a menina e o avô esperando por nós junto à porteira do estábulo. Os soldados simplesmente nos entregavam aos dois – o que era melhor, pois, por mais que eles fossem atenciosos, não entendiam nada de cavalos. A pequena Emilie e o avô gostavam de ficar conosco. Esfregavam-nos e tratavam de nossos machucados e de nossas contusões. Davam-nos de comer e beber, cuidavam de nós e, de alguma forma, sempre encontravam palha suficiente para fazer camas secas e quentes. Emilie fez para cada um de nós uma franja, que, amarrada em nossos olhos, afastava as moscas, e, nas noites quentes de verão, levava-nos para pastar no prado que ficava atrás da casa da fazenda, fazendo-nos companhia até que o avô chamasse.

Ela era pequena e frágil, mas guiava-nos pela fazenda com absoluta confiança, falando o tempo todo sobre o que tinha feito, sobre quanto éramos corajosos e sobre quanto ela se orgulhava de nós.

Com a chegada do inverno, a grama perdeu o sabor, e Emilie começou a subir no paiol, que ficava em cima do estábulo, para nos jogar o feno. Ela se deitava no chão e ficava nos observando lá de cima, pelo alçapão, enquanto comíamos. Depois, quando o avô vinha cuidar de nós, ela tagarelava alegremente. Dizia que, quando fosse mais velha e mais forte, os soldados tivessem voltado para casa e a guerra tivesse acabado, cavalgaria conosco pela floresta – com um de cada vez –, e não desejaria mais nada se pudesse ficar conosco.

Topthorn e eu éramos agora veteranos calejados, e talvez isso explicasse a determinação com que enfrentávamos o estrondo dos canhões e voltávamos todas as manhãs para as trincheiras, mas isso não era tudo. O que realmente nos motivava era a perspectiva de voltar para o estábulo à noite e encontrar a pequena Emilie de braços abertos, pronta para nos confortar e nos dar o seu amor. Esperávamos por isso ansiosamente. Todo cavalo tem uma afeição instintiva pelas crianças, pois elas são menores e mais delicadas, mas Emilie era uma criança especial para nós dois. Ela passava todo o tempo livre conosco e nos dava muito carinho. Ficava acordada até tarde da noite esfregando o nosso pelo e cuidando de nossos cascos e estava acordada ao amanhecer para nos alimentar antes que os soldados viessem nos levar embora, atrelados à carroça da ambulância. Então, ela subia na cerca e acenava, e, embora não pudéssemos virar a cabeça para trás, eu sabia que ela ficava ali até nos perder de vista. E, à noite, ela estaria nos esperando no pátio da fazenda, batendo palmas de alegria, enquanto os soldados nos desatrelavam.

No entanto, numa noite do início do inverno, ela não veio nos receber no pátio, como de costume. Tínhamos trabalhado mais do que o normal naquele dia, pois as primeiras nevascas do inverno haviam bloqueado a estrada que levava às trincheiras, impossibilitando a passagem de veículos mecanizados e obrigando-nos a fazer um número maior de viagens para buscar os feridos. Exaustos, famintos e com sede, fomos levados para o estábulo pelo avô de Emilie, que não disse uma palavra sequer e voltou para casa correndo. Topthorn e eu passamos aquela noite perto da porteira do estábulo, vendo a neve cair contra a luz trêmula da casa da fazenda. Sabíamos que havia alguma coisa errada antes mesmo que o velho viesse nos contar.

Ele chegou tarde da noite trazendo baldes de mingau de farelo. A neve estalava sob seus pés. Sentou-se num fardo de feno, debaixo da lanterna, e ficou nos observando enquanto comíamos.

– Ela reza por vocês – ele disse, balançando a cabeça. – Vocês sabem que, toda noite, antes de dormir, ela reza por vocês? Reza pelo pai e pela mãe mortos. Eles foram mortos somente uma semana depois que a guerra começou. Uma bomba foi o suficiente. Ela reza por seu irmão, que nunca verá novamente. Ele tinha 17 anos. Não chegou a ser enterrado. É como se nunca tivesse existido, a não ser em nossas mentes. Então ela reza por mim e para que a guerra passe pela fazenda e nos poupe. Depois reza por vocês. Pede duas coisas: primeiro, que vocês sobrevivam à guerra e tenham uma vida longa e, segundo, que ela possa fazer companhia a vocês, se vocês sobreviverem. Minha Emilie está com quase 13 anos e agora está lá em cima, na cama, doente. Não sei se ela vai sobreviver para ver o dia seguinte. O médico do hospital alemão disse que ela está com pneumonia. Ele é um bom médico, embora seja alemão. Ele fez o seu melhor. Agora, está nas mãos de Deus, mas, até hoje, Deus não foi muito bom para a minha família. Se minha Emilie morrer, a pouca luz que me resta vai se apagar para sempre. – Ele ergueu os olhos enrugados e enxugou as lágrimas do rosto. – Se vocês tiverem entendido alguma coisa, rezem para o seu Deus-Cavalo, rezem por ela assim como ela reza por vocês.

Naquela noite, houve intenso bombardeio, e, no dia seguinte, antes do amanhecer, os soldados vieram nos buscar e nos atrelaram à carroça, debaixo da neve. Não havia sinal de Emilie nem de seu avô. A neve estava fresca e lisa, de modo que Topthorn e eu tivemos que usar toda a nossa força para puxar a carroça vazia até a linha de frente. A neve escondia perfeitamente as marcas de roda, os buracos de canhão e a lama movediça, dificultando que avançássemos.

Só conseguimos chegar à linha de frente porque os soldados nos ajudaram, saltando sempre que nos viam atolar e girando as rodas da carroça até que pegássemos embalo novamente.

O posto de primeiros socorros, que ficava atrás da linha de frente, estava lotado de feridos, de modo que tivemos de trazer uma carga muito mais pesada do que o normal. Felizmente, o caminho de volta era uma descida. De repente, um dos homens lembrou-se de que era manhã de Natal, e todos começaram a entoar cantos natalinos. A maioria dos feridos estava cega devido ao gás. Alguns gritavam de dor, outros cantavam, percebendo que nunca mais voltariam a enxergar. Naquele dia, fizemos muitas viagens e só paramos depois que o hospital ficou lotado.

Já era uma noite estrelada quando chegamos à fazenda. Os bombardeios haviam cessado. Não havia sinalizadores iluminando o céu, encobrindo o brilho das estrelas. Nenhum tiro foi ouvido ao longo de todo o caminho para a fazenda. A paz voltara por pelo menos uma noite. A neve do pátio estava quebradiça por causa da geada. Havia uma luz trêmula no estábulo, e o avô de Emilie saiu de casa, debaixo de neve, para pegar os nossos arreios das mãos do soldado.

– A noite está linda – ele disse, conduzindo-nos para dentro do estábulo. – A noite está linda, e tudo vai ficar bem. Coloquei mingau de farelo, feno e água para vocês. Hoje eu decidi lhes dar uma ração extra não por causa do frio, mas porque vocês rezaram. Vocês devem ter rezado para o seu Deus-Cavalo, pois minha Emilie acordou na hora do almoço, sentou-se, e sabem qual foi a primeira coisa que ela disse? Eu vou lhes dizer. Ela disse: "Tenho que levantar, tenho que preparar mingau para os cavalos. Eles vão chegar cansados e com frio." Ela só concordou em ficar na cama depois que o médico alemão garantiu que vocês receberiam rações extras hoje, e ela fez o médico jurar que continuaria lhes dando rações extras até o fim do inverno. Entrem, meus caros, e comam à vontade. Todos ganhamos presente neste Natal. Tudo vai ficar bem.

CAPÍTULO 11

E TUDO FICOU BEM, PELO MENOS POR ALGUM tempo. Na primavera, a guerra afastou-se de nós. Sabíamos que ela não tinha acabado, pois ainda podíamos ouvir o estouro distante dos canhões, e de vez em quando as tropas passavam marchando pela fazenda, em direção à linha de frente, mas havia menos homens feridos para serem levados das trincheiras para o hospital. Topthorn e eu ficávamos pastando no prado próximo ao lago quase o dia inteiro, mas, como as noites continuavam frias, com geadas ocasionais, Emilie sempre vinha nos buscar antes do anoitecer. Ela não precisava nos conduzir. Bastava nos chamar.

Emilie ainda estava abatida por causa da doença e tossia bastante quando mexia nas coisas do estábulo. Mas, às vezes, ela subia em mim, e eu a transportava suavemente pelo pátio até o prado, seguido de perto por Topthorn. Ela não usava rédea, nem sela, nem bocal, nem espora. Não me cavalgava como minha patroa, mas como amiga. Topthorn era um pouco mais alto e mais largo do que eu, de modo que ela tinha dificuldade para subir e principalmente para descer dele. Às vezes, ela me usava como escadinha para alcançar Topthorn, mas era uma manobra arriscada, e ela caiu mais de uma vez ao tentar.

Topthorn não era ciumento e até gostava de caminhar ao nosso lado. Certa noite, estávamos no prado, à sombra de uma castanheira, abrigando-nos do forte sol de verão, quando ouvimos um comboio de caminhões que voltava da linha de frente. Quando passaram pela porteira, eles nos chamaram, e eu reconheci os subalternos, os enfermeiros e os médicos do hospital de campanha. Os caminhões estacionaram no pátio, e nós galopamos até a porteira perto do lago para tentar ver o que estava acontecendo. Emilie e o avô saíram do galpão de ordenha conversando com o médico. De repente, fomos cercados pelos soldados que nos levavam quase todos os dias para a linha de frente. Eles subiram na cerca, alisaram o nosso pelo e nos deram tapinhas leves. Por algum motivo, estavam felizes e tristes ao mesmo tempo. Emilie correu em nossa direção aos gritos.

– Eu sabia que isso ia acontecer – disse ela. – Eu sabia. Rezei tanto por isso, e agora minhas preces foram ouvidas! Eles não precisam mais de vocês. Vão transferir o hospital para longe daqui. Está ocorrendo uma grande batalha, e eles estão se mudando para lá, mas não querem levá-los. Aquele médico gentil disse ao vovô que podemos ficar com vocês como pagamento pela carroça, pela comida e pelos serviços prestados durante o inverno. Ele disse que vocês podem ficar aqui até que o exército precise de vocês novamente, mas isso não vai acontecer. Vou escondê-los. Não vamos deixar que levem vocês. Não é, vô?

Após uma longa e triste despedida, o comboio seguiu pela estrada e sumiu numa nuvem de poeira, deixando-nos para trás com Emilie e o avô, mas a nossa alegria duraria pouco.

Para minha grande felicidade, voltei a ser um cavalo de fazenda. Topthorn e eu saímos para trabalhar no dia seguinte, cortando e revirando o feno. Depois de um longo dia de trabalho nos campos, Emilie foi se queixar com o avô, que a segurou pelos ombros e disse:

– Não seja boba, Emilie. Eles gostam de trabalhar. Eles precisam trabalhar. Além do mais, se quisermos sobreviver, teremos que tocar a vida como se nada tivesse acontecido. Os soldados foram embora. Se fingirmos, talvez a guerra realmente acabe. Temos que viver como sempre vivemos, cortando o feno, colhendo maçãs e cultivando o solo. Não podemos viver como se não houvesse o amanhã. Para que possamos viver, precisamos comer, e a comida vem da terra. Temos que cultivar a terra, e esses dois têm que nos ajudar. Eles não se incomodam. Gostam de trabalhar. Olhe para eles, Emilie. Eles parecem infelizes?

Para Topthorn, passar da carroça para o espalhador de feno foi relativamente simples, e ele se adaptou com facilidade. Para mim, aquilo era como a realização de um sonho. Eu estava cercado de pessoas alegres e sorridentes que gostavam de mim. Na época da colheita, Topthorn e eu trabalhamos duro, puxando pesadas carroças até o celeiro, onde Emilie e o avô descarregavam o feno. Emilie continuou cuidando de nós com muito amor – cada arranhão, cada contusão recebia tratamento, e ela não permitia que o avô nos sobrecarregasse, por mais que ele insistisse. No entanto, o retorno à vida tranquila de um cavalo de fazenda não poderia durar muito, não numa guerra.

Certa noite, depois que quase todo o feno tinha sido enfardado, os soldados voltaram. Estávamos no estábulo quando ouvimos o tropel de cavalos e o barulho de rodas chocando-se contra as lajes de pedra. Uma coluna de soldados adentrou o pátio. Os cavalos, que estavam atrelados em grupos de seis e puxavam pesados canhões de artilharia, frearam de repente, bufando de cansaço. Cada parelha era guiada por homens de semblante duro e inflexível debaixo do quepe cinza. Aqueles não eram os soldados gentis que tinham se despedido de nós poucas semanas antes. Suas feições eram estranhas e duras, e seus olhos tinham uma inquietação e uma urgência novas. Poucos sorriam. Eram homens de uma espécie diferente daquela que tínhamos conhecido. Apenas um velho soldado que guiava a carroça de munição veio nos fazer carinho e conversou gentilmente com a pequena Emilie.

Naquela noite, depois de uma breve conversa com o avô de Emilie, a tropa de artilharia montou acampamento em nosso prado e deu de beber aos cavalos em nosso lago. Topthorn e eu ficamos entusiasmados com a chegada de novos cavalos e passamos a noite toda com a cabeça por cima da porteira do estábulo, relinchando para eles, mas a maioria parecia cansada demais para responder. Emilie veio falar conosco a respeito dos soldados naquela noite. Estava visivelmente preocupada.

– O vovô não quer que eles fiquem aqui – ela disse. – Ele não confia no superior deles. Diz que ele tem olhos de vespa, e todo o mundo sabe que as vespas não são confiáveis. Eles irão embora amanhã de manhã. Vai ficar tudo bem.

Na manhã seguinte, quando a escuridão começou a se dissipar, um homem pálido e magro de farda cinza veio ao estábulo e ficou olhando para nós por trás da porteira. Ele tinha olhos saltados e usava uns óculos com armação de metal. Observou-nos por alguns minutos, meneando a cabeça em tom de aprovação, e depois foi embora.

Quando o dia amanheceu, a tropa de artilharia perfilou-se no pátio, pronta para partir. Alguém bateu à porta da casa, e vimos Emilie e o avô caminhando até o pátio, ainda usando roupas de dormir.

– Os seus cavalos, *monsieur* – disse o oficial de óculos, grosseiramente. – Vou levar os seus cavalos. Preciso de uma parelha. Eles parecem ser fortes e saudáveis. Vamos levá-los.

– Como eu vou cultivar a terra sem os cavalos? – perguntou o avô de Emilie. – Eles são só cavalos de fazenda. Não sabem puxar canhões.

– Estamos em guerra, senhor – disse o oficial –, e eu preciso de cavalos para puxar os canhões. Preciso levá-los. O que você fará com a sua fazenda é problema seu. Eu preciso de cavalos. O exército precisa deles.

– Você não pode fazer isso! – gritou Emilie. – Eles são meus. Não pode levá-los. Não deixe, vovô. Não deixe, por favor, não deixe.

O velho deu de ombros tristemente.

– Eu não posso fazer nada, minha filha – disse ele em voz baixa. – Não tenho como impedi-los. Você quer que eu os corte em pedaços com a foice e o machado? Eu não posso, meu anjo. No fundo, já sabíamos que isso ia acontecer. Conversamos sobre isso, não conversamos? Não chore. Seja orgulhosa e forte como o seu falecido irmão. Não quero que você pareça fraca na frente desses homens. Despeça-se dos cavalos. Vamos, Emilie, seja forte.

A pequena Emilie nos levou para o fundo do estábulo e nos encabrestou, tomando cuidado para não prender a nossa crina. Depois nos envolveu com os braços, inclinando a cabeça ora para um lado, ora para o outro, e chorando em silêncio.

– Voltem – disse ela. – Por favor, voltem para mim. Se vocês não voltarem, eu vou morrer. – Enxugou as lágrimas, arrumou os cabelos, abriu a porteira e nos levou para o pátio. Foi até o oficial e lhe entregou as rédeas. – Quero os meus cavalos de volta – disse com uma voz forte, quase ameaçadora. – Eu só estou emprestando os cavalos. Eles são meus. O lugar deles é aqui. Cuide bem deles e não se esqueça de trazê-los de volta. – Caminhou em direção à casa, passou pelo avô e entrou sem olhar para trás.

Quando deixamos a fazenda para trás, amarrados à traseira da carroça de munição, virei-me e vi o avô de Emilie parado no pátio. Com os olhos cheios de lágrimas, ele sorria e acenava. Então senti um puxão no pescoço e comecei a trotar. Lembrei-me da outra vez em que fui amarrado e arrastado contra a minha vontade. Pelo menos agora eu tinha Topthorn comigo.

CAPÍTULO 12

PODE SER QUE O CONTRASTE COM OS MESES idílicos que passamos com Emilie e seu avô tenha tornado o que veio a seguir uma experiência amarga para Topthorn e eu; ou talvez tenha sido a guerra, que estava ficando cada vez mais sangrenta. Em alguns lugares, os canhões perfilavam-se por quilômetros e quilômetros, com apenas alguns metros de espaço entre eles, e, quando começavam a ser disparados, faziam a terra tremer sob os nossos cascos. As fileiras de homens feridos pareciam não ter fim, e o campo que ficava atrás da linha de frente tinha sido quase todo devastado.

O trabalho em si não diferia muito de puxar a carroça hospitalar, mas agora dormíamos ao relento e, é claro, não tínhamos a nossa Emilie para nos confortar. De repente, a guerra ficou mais próxima. Tínhamos voltado para o barulho insuportável, para o cheiro repugnante da batalha, puxando canhões pelo terreno lamacento, sendo impelidos e chicoteados por homens que não se importavam com o nosso bem-estar. Tudo o que lhes importava era levar os canhões até o local combinado. Talvez não fossem homens maus. O fato é que estavam sendo movidos por uma compulsão medonha que não deixava espaço nem tempo para a cordialidade nem para a preocupação com o próximo, seja ele homem ou cavalo.

Com a chegada do inverno, a comida ficou escassa. Recebíamos a nossa ração de milho em intervalos irregulares e tínhamos direito a apenas uma pequena ração de feno por dia. Um a um, começamos a perder peso e condicionamento físico. Por outro lado, as batalhas pareciam ficar cada vez mais sangrentas e longas, de modo que tínhamos de puxar os canhões por mais tempo. Sentíamos dores constantes e estávamos sempre com frio. Chegávamos ao final do dia cobertos por uma camada de lama úmida e gelada que escorria pelo corpo e parecia entrar nos ossos lentamente.

Bastante diversificado, o time que puxava o canhão era composto por seis cavalos. Dos quatro a que nos juntamos, apenas um tinha força e altura suficientes para realizar o trabalho. Seu nome era Heinie. Ele era um cavalo enorme que parecia não se importar com o que acontecia ao seu redor. O restante do grupo tentava imitá-lo, mas apenas Topthorn era bem-sucedido. Heinie e Topthorn formavam a parelha da frente, e eu vinha logo atrás deles, atrelado a um cavalo pequeno e magro, mas resistente, chamado Coco. Coco tinha no focinho marcas brancas que divertiam os soldados que passavam por nós, mas não havia nada de engraçado nele – ele tinha o pior temperamento que eu já vi num cavalo. Quando Coco estava comendo, ninguém ousava chegar perto o bastante para ser mordido ou levar um coice. Atrás de nós, vinha uma parelha de pôneis idênticos, com pelo ruço e crina e rabo brancos. Nem mesmo os soldados conseguiam diferenciá-los um do outro. Eles não eram chamados pelo nome, mas de "os dois Haflingers dourados". Como eram bonitos e invariavelmente dóceis, recebiam mais atenção e carinho dos artilheiros. Deviam ser uma visão estranha, porém divertida, para os soldados cansados que nos viam trotando pelos vilarejos destruídos, rumo à linha de frente. Não havia dúvida de que eles trabalhavam tanto quanto cada um de nós e, apesar do tamanho diminuto, eram tão fortes e resistentes quanto nós. No entanto, quando marchávamos a meio galope, agiam como um freio, atrasando-nos e atrapalhando o ritmo do grupo.

Surpreendentemente, o gigante Heinie foi o primeiro a demonstrar sinais de fraqueza. A lama fria e movediça e a falta de boa forragem por causa do inverno rigoroso fizeram com que ele perdesse musculatura, transformando-o em poucos meses numa criatura magra e frágil. Então, confesso que, para minha grande satisfação, fui mudado de lugar e colocado ao lado de Topthorn. Heinie ficou atrás de nós, emparelhado com o pequeno Coco, que também estava fraco e cansado. Os dois pioraram rapidamente, até que não conseguiram mais puxar em superfícies que não fossem planas e firmes, e, como raramente encontrávamos terrenos desse tipo, passaram a ser de pouca valia para o grupo e fizeram com que tivéssemos de trabalhar mais arduamente.

Dormíamos ao relento, cobertos de lama gelada até os jarretes, em condições muito piores do que as enfrentadas no primeiro inverno da guerra, quando Topthorn e eu pertencíamos à cavalaria. Naquela época, havia para cada cavalo um cavaleiro dedicado a confortá-lo e a cuidar dele da melhor maneira possível. Agora, a eficiência da artilharia era mais importante, e nós amargávamos um pobre segundo lugar na lista de prioridades. Éramos tratados como simples cavalos de tração. Os próprios artilheiros tinham o cansaço e a fome estampados no rosto. Para eles, a sobrevivência era o mais importante. Apenas o velho artilheiro que conduzia a carroça de munição parecia ter tempo para ficar conosco. Dava-nos de comer pedaços de um pão duro e escuro e passava mais tempo conosco do que com os companheiros, que o evitavam tanto quanto possível. Ele era um homem pequeno, corpulento e deselegante que ria o tempo todo e falava mais consigo mesmo do que com qualquer outra pessoa.

Os efeitos da exposição ao sereno, da má alimentação e do trabalho árduo eram visíveis em todos nós. Poucos de nós ainda tinham pelos crescendo na porção inferior das pernas, e nessa região a pele tinha se tornado um aglomerado de feridas abertas. Até mesmo os pequenos e vigorosos Haflingers começaram a emagrecer. Como todos os outros, quando caminhava, eu sentia dores lancinantes, sobretudo dos joelhos para baixo, e não havia um único cavalo no grupo que não estivesse mancando. Os veterinários faziam o possível para nos ajudar, e até mesmo os artilheiros mais insensíveis pareciam se afligir à medida que a nossa condição piorava, mas não havia nada que pudesse ser feito para que a lama desaparecesse.

Os veterinários balançavam a cabeça, desesperados, e, sempre que podiam, dispensavam alguns de nós do trabalho, para que pudéssemos descansar e nos recuperar, mas alguns tinham piorado tanto que eram levados para longe e sacrificados depois da inspeção médica. Certa manhã, Heinie teve esse fim. A caminho da linha de frente, passamos por ele, um colosso de cavalo naufragado na lama. O mesmo aconteceu com Coco, que foi atingido no pescoço por estilhaços de granada e teve de ser sacrificado no lugar onde caiu, na margem da estrada. Por mais que eu o detestasse – ele era um animal maldoso –, era uma visão terrível e dava pena ver um colega, com quem eu havia trabalhado por tanto tempo, sendo descartado e esquecido numa vala.

Durante todo o inverno, os pequenos Haflingers ficaram conosco, contraindo o dorso largo e puxando os tirantes com toda a força que podiam reunir. Eram gentis e bondosos, dóceis e corajosos, e, por esse motivo, Topthorn e eu passamos a gostar muito deles, que, por sua vez, procuravam-nos sempre que precisavam de apoio e de amizade, e nós lhes dávamos ambas as coisas de bom grado.

Comecei a perceber que Topthorn começava a fraquejar quando senti a carroça mais pesada do que antes. Estávamos atravessando um pequeno riacho quando as rodas atolaram na lama. Virei-me e vi que ele caminhava com a cabeça baixa e com grande esforço. Seus olhos me diziam o quanto ele estava sofrendo, de modo que comecei a puxar o tirante com mais força para aliviar a sua carga.

Naquela noite, a chuva caiu implacavelmente sobre nós. Tentei protegê-lo quando ele se deitou de lado na lama, as patas esticadas, e passou a erguer a cabeça de vez em quando com espasmos de tosse. Ele tossiu a noite toda e teve um sono irregular. Fiquei preocupado. Toquei-o com o focinho e o lambi para aquecê-lo e confortá-lo, tentando lhe mostrar que não estava sozinho. Consolei-me com o pensamento de que Topthorn teria uma grande reserva de energia para superar a doença, uma vez que ele era o cavalo mais forte e resistente que eu conhecia.

Na manhã seguinte, ele já estava de pé antes mesmo que os artilheiros nos trouxessem a ração de milho, e, embora mantivesse a cabeça mais baixa do que o costume, movendo-se com certa cautela, vi que ele teria forças para sobreviver se pudesse descansar.

No entanto, naquela manhã, depois de ter examinado os cavalos um a um, o veterinário fixou o olhar em Topthorn e auscultou-lhe o peito.

– Esse é forte – disse ele ao oficial de óculos, que era odiado tanto pelos cavalos quanto pelos homens. – Tem *pedigree*. Isso pode atrapalhá-lo, major. Ele é bom demais para puxar canhões. Acho que ele deveria descansar um pouco, mas o senhor não tem cavalos para substituí-lo, não é? Ele vai sobreviver, mas pegue leve, major. Conduza-os com delicadeza. Caso contrário, não haverá cavalos, e, sem cavalos, seus canhões serão inúteis.

– Ele tem que trabalhar como todo mundo, doutor – disse o major com a voz fria. – Nem mais nem menos. Não posso abrir exceções. Se o senhor disser que ele está liberado, ele estará liberado. É isso.

– Ele está liberado – disse o veterinário, relutante. – Mas tome cuidado, major. Estou lhe avisando.

– Vamos fazer o possível – disse o major, com desdém. E, para ser justo, eles faziam o possível. Era a lama que estava nos matando um a um, a lama, a falta de abrigo e a escassez de comida.

CAPÍTULO 13

TOPTHORN CHEGOU À PRIMAVERA MUITO ENFRA-quecido por sua doença e tinha uma tosse rouca, mas havia sobrevivido. Nós dois havíamos sobrevivido. Agora, o chão estava duro e nos permitia continuar, e a grama crescia novamente nos prados, de modo que começamos a ganhar corpo novamente. Nosso pelo perdeu o aspecto maltrapilho, voltando a brilhar à luz do sol. O sol também brilhava sobre os soldados, cujas fardas cinzentas com debrum vermelho estavam mais limpas. Eles tinham voltado a se barbear e agora diziam que a guerra estava próxima do fim, que a investida seguinte seria decisiva, que eles iriam voltar para casa para ver suas famílias. Estavam mais felizes e, por esse motivo, tratavam-nos melhor. A ração também melhorou devido ao bom tempo, e os cavalos começaram a trabalhar com força renovada. As nossas feridas cicatrizaram, e havia grama e aveia em abundância para comermos.

Os dois pequenos Haflingers bufavam e resfolegavam atrás de nós, fazendo-nos cavalgar a meio galope, para nossa vergonha – coisa que não pudemos fazer durante todo o inverno, por mais que os nossos cavaleiros nos impelissem com chicotes. A redescoberta de nosso vigor físico e o otimismo dos soldados, que cantarolavam e assobiavam, davam-nos energia para puxarmos os canhões pelas estradas esburacadas até a posição de tiro.

No entanto, não travamos batalhas naquele verão. Havia sempre algum bombardeio ou tiroteio por perto, mas os dois lados pareciam satisfeitos em rosnar um para o outro, gritando desafios, sem chegar às vias de fato. A distância, é claro, ouvíamos uma renovada fúria da ofensiva de primavera, que contagiava a linha de frente de uma extremidade à outra, mas nossos canhões não eram necessários, de modo que ficamos longe dos bombardeios, em relativa paz. Sem atividade e entediados, tudo o que fazíamos era pastar nos prados cobertos de ranúnculos viçosos. Topthorn e eu engordamos tanto que fomos escolhidos para puxar a carroça de munição do fim dos trilhos até a linha de artilharia, de modo que nos vimos sob o comando do velho soldado que fora gentil conosco durante todo o inverno.

Ele era conhecido como Friedrich, o louco. Todos o chamavam de louco porque ele tinha o hábito de falar sozinho e dava gargalhadas sem motivo. Friedrich, o louco, era o soldado veterano designado para as tarefas que ninguém mais queria fazer, pois era prestativo, e todos sabiam disso.

O calor e a poeira tornavam o trabalho enfadonho e extenuante, e mais uma vez consumia nossas forças rapidamente por causa do excesso de peso. A carroça estava sempre pesada demais, pois os soldados insistiam em colocar nela o máximo de munição possível, apesar dos protestos de Friedrich. Eles simplesmente o ignoravam, riam e colocavam mais munição na carroça. No caminho de volta, Friedrich descia e caminhava ao nosso lado, conduzindo-nos devagar pelas montanhas, pois sabia como a carroça estava pesada. Parávamos muitas vezes para descansar e beber água, e ele nos dava mais comida do que aos outros cavalos, que tinham descansado durante todo o verão.

Esperávamos ansiosamente por Friedrich, que vinha nos buscar no prado todas as manhãs para nos levar para longe do acampamento. Logo descobrimos que Friedrich não era louco, mas um homem bondoso e gentil, que era naturalmente avesso à guerra. Certa vez, a caminho do final dos trilhos, ele nos confidenciou que o seu único desejo era voltar para Schleiden, onde era açougueiro, e que falava sozinho porque achava que somente ele era capaz de entender o que tinha a dizer. E que ria sozinho porque, se não risse, acabaria chorando.

– Eu vos digo, meus amigos, que sou o único homem são do regimento – disse ele certa vez. – Os outros é que são loucos, mas ainda não sabem disso. Eles lutam na guerra, mas não sabem por que estão lutando. Não é uma loucura? Como um ser humano pode matar um outro ser humano sem motivo, só porque o outro usa uma farda com cores diferentes e fala uma língua diferente? Depois eu é que sou louco! Vocês dois são as únicas criaturas racionais que eu encontrei nesta maldita guerra. Assim como eu, vocês só estão aqui porque foram trazidos à força. Se eu tivesse coragem, pegaria essa estrada com vocês e não voltaria nunca mais. No entanto, quando eles me pegassem, eu seria morto, e minha esposa, meus filhos e meus pais teriam de conviver para sempre com essa humilhação. Prefiro sobreviver à guerra sendo "Friedrich, o louco", voltar para Schleiden e voltar a ser o açougueiro Friedrich que todos conheciam e respeitavam antes de esta bagunça começar.

À medida que as semanas passavam, foi ficando claro para mim que Friedrich tinha uma afeição especial por Topthorn. Talvez porque soubesse que ele havia ficado doente, passava mais tempo com ele e dava-lhe mais carinho, cuidando de cada irritação antes que ela se tornasse algo mais incômodo. Ele também era gentil comigo, mas acho que não era a mesma coisa. Às vezes, ele simplesmente se afastava e ficava olhando para Topthorn com um olhar que expressava orgulho e amor. Parecia haver entre os dois uma ligação, o tipo de ligação que existe entre dois velhos soldados.

O verão foi dando lugar ao outono, e ficou claro para nós que o nosso tempo com Friedrich estava chegando ao fim. Por causa de sua ligação com Topthorn, ele se ofereceu para montá-lo nos exercícios que precederiam a campanha de outono. É claro que todos riram de sua sugestão, mas, como havia poucos bons cavaleiros – e Friedrich era um ótimo cavaleiro –, fomos colocados novamente na parelha da frente, e foi Friedrich quem montou Topthorn. Finalmente, tínhamos encontrado um amigo de verdade, alguém em quem podíamos confiar de olhos fechados.

Certa vez, ele confidenciou a Topthorn:

– Se eu tiver de morrer aqui, longe de casa, quero morrer ao seu lado, mas farei o possível para que todos voltemos para casa. Eu prometo.

CAPÍTULO 14

E ASSIM FRIEDRICH NOS LEVOU PARA A GUERRA numa manhã de outono. A tropa de artilharia estava fazendo a sesta à sombra de um frondoso bosque de castanheiras que cobria ambas as margens de um rio prateado, reluzente, onde muitos homens risonhos chapinhavam a água. Depois que os canhões foram de-satrelados, caminhamos entre as árvores e vimos que o bosque estava repleto de soldados deitados, com seus capacetes, mochilas e rifles pousados no chão. Alguns fumavam encostados nas árvores, enquanto outros dor-miam de barriga para cima.

Como era de esperar, uma multidão veio fazer festa para os dois Haflingers dourados, mas um jovem soldado aproximou-se de Topthorn e ficou olhando para ele com admiração.

– Isso é que é um cavalo – disse ele. – Venha ver, Karl. Não é o cavalo mais bonito que você já viu? A cabeça é como a de um cavalo árabe. As pernas são velozes como as de um puro-sangue inglês. O dorso e o pescoço possuem a força de um hanoveriano. Ele tem o melhor de cada um. – Ergueu o braço e tocou o focinho de Topthorn.

– Será que você nunca pensa em outra coisa, Rudi? – perguntou o companheiro, mantendo distância. – Eu o conheço há três anos, e nesse tempo todo você não fez outra coisa além de falar sobre essas malditas criaturas. Sei que você cresceu cercado de cavalos, em sua fazenda, mas não entendo o que vê neles. Tudo o que vejo são quatro patas, uma cabeça e um rabo controlados por um cérebro minúsculo, que não consegue pensar em nada além da necessidade de comer e beber.

– Como você pode dizer uma coisa dessas? – perguntou Rudi. – Olhe só para ele, Karl. Não vê que ele é especial? Não é apenas um velho cavalo. Há uma nobreza em seu olhar, uma serenidade nobre. Você não acha que ele personifica tudo o que os homens aspiram ser, mas não conseguem? Eu lhe digo, meu amigo, que há algo de divino nos cavalos, sobretudo em cavalos como esse. Deus acertou em cheio quando os criou. E, para mim, encontrar um animal como esse no meio de uma guerra imunda e abominável é como encontrar uma borboleta num monte de esterco. Não pertencemos ao mesmo universo a que uma criatura como essa pertence.

Para mim, os soldados pareciam cada vez mais jovens à medida que a guerra continuava, e Rudi não era nenhuma exceção. Debaixo do cabelo à escovinha, que estava úmido por causa do capacete, ele parecia ter quase a mesma idade de Albert, da forma como eu me lembrava dele. E, como muitos deles, sem o capacete, ele mais parecia uma criança vestida de soldado.

Quando Friedrich nos levou ao rio para tomarmos água, Rudi e o amigo nos acompanharam. Topthorn colocou a cabeça dentro d'água e a balançou vigorosamente, como costumava fazer, molhando todo o meu rosto e o meu pescoço e refrescando-me. Ele bebeu grandes goles. Depois, ficamos na margem do rio, olhando os soldados que brincavam na água. A subida até o bosque era íngreme e cheia de fendas, de modo que não me assustei quando Topthorn tropeçou uma, duas vezes – ele não pisava firme como eu. Ele recuperou o equilíbrio e ficou ao meu lado. Entretanto, percebi que ele estava caminhando lenta e pesadamente e que cada passo seu exigia mais esforço à medida que subia. De repente, sua respiração ficou curta. Então, quando nos aproximamos da sombra das árvores, Topthorn caiu de joelhos e não se levantou mais. Parei para que ele se levantasse, mas ele não se levantou. Continuou caído, respirando pesadamente, e depois ergueu a cabeça para mim. Era um pedido de socorro – estava escrito em seu olhar. Ele caiu para a frente, batendo o rosto no chão. Rolou para o lado e ficou imóvel, a língua pendendo para fora da boca e os olhos fitando-me cegamente. Inclinei-me e o empurrei com o focinho, na esperança de que ele se movesse ou acordasse, mas instintivamente eu sabia que ele já estava morto, que eu tinha perdido o meu melhor amigo. Friedrich ajoelhou-se ao lado dele e auscultou-lhe o peito. Depois balançou a cabeça e ergueu o olhar para o grupo de homens que havia se juntado à nossa volta.

– Ele está morto – disse Friedrich com a voz baixa. Depois continuou, com mais raiva: – Meu Deus! Ele está morto! – Seu semblante estava carregado de tristeza. – Por quê? – indagou-se. – Por que a guerra tem que destruir tudo o que é bom e bonito? – Levou as mãos ao rosto, e Rudi o levantou suavemente.

– Não há nada que você possa fazer, meu velho – ele disse. – Ele está morto. Vamos. – No entanto, Friedrich recusou-se a ir embora. Voltei-me para Topthorn e o lambi, tentando empurrar o seu corpo inerte. Embora eu entendesse o caráter definitivo da morte, em minha dor, só queria ficar com ele e confortá-lo.

O oficial veterinário que acompanhava a tropa desceu a colina depressa, seguido por oficiais e soldados que tinham acabado de receber a notícia do que tinha acontecido. Depois de uma breve inspeção, ele também anunciou a morte de Topthorn.

– Eu sabia. Bem que eu avisei – disse ele quase para si mesmo. – Não podem fazer isso. É sempre a mesma coisa. Excesso de trabalho, pouca ração, falta de abrigo no inverno. Até mesmo um cavalo como esse tem limites. O coração dele falhou, coitado. Odeio quando isso acontece. Nós não deveríamos tratar nossos cavalos dessa forma. Tratamos melhor nossos canhões do que tratamos nossos cavalos.

– Ele era meu amigo – disse Friedrich, inclinando-se sobre Topthorn para lhe tirar o cabresto. Os soldados permaneceram à nossa volta em completo silêncio, olhando silenciosamente para o corpo de Topthorn, num gesto espontâneo de respeito e de tristeza. Talvez por ser um velho conhecido, Topthorn havia se tornado parte de suas vidas.

Estávamos parados na encosta da colina quando ouvimos o silvo de uma bomba passando sobre nós e vimos a primeira explosão quando ela caiu no rio. De repente, a mata estava viva, com o grito de soldados que corriam e o estouro de bombas que caíam em toda parte. Os homens que estavam no rio correram, seminus e aos gritos, em direção às árvores, e os tiros de canhão pareceram segui-los. As árvores tombaram. Homens e cavalos saíam do bosque, correndo para o alto da colina.

O meu primeiro instinto foi o de correr com eles, para fugir do bombardeio, mas Topthorn estava morto aos meus pés, e eu não quis abandoná-lo. Friedrich me puxava pela rédea, tentando me arrastar para o outro lado da colina, enquanto gritava que eu precisava segui-lo se quisesse continuar vivo, mas, quando um cavalo não quer, não há quem consiga movê-lo, e eu não queria ir para nenhum lugar. À medida que o bombardeio se intensificou, e ele se viu isolado de seus companheiros, largou a minha rédea e tentou escapar, mas não conseguiu. Foi alvejado a poucos passos de distância do corpo de Topthorn, rolou e caiu morto ao seu lado. A última coisa que vi foram as crinas brancas dos Haflingers balançando de um lado para o outro, enquanto eles arrastavam o canhão por entre as árvores, seguidos pelos artilheiros, que tentavam empurrar a traseira do canhão.

CAPÍTULO 15

FIQUEI AO LADO DE TOPTHORN E DE FRIEDRICH O dia todo, deixando-os apenas uma vez, brevemente, para beber água no rio. O bombardeio avançou e recuou ao longo do vale, levantando grama, terra e árvores e deixando enormes crateras de onde saía fumaça, como se o próprio chão estivesse pegando fogo. Qualquer medo que eu pudesse sentir foi superado por uma tristeza e um amor profundos, que me compeliram a ficar com ele o máximo possível. Eu sabia que, depois que o deixasse, nunca mais teria a sua força e o seu apoio. Então fiquei ali e esperei.

Próximo ao amanhecer, eu estava pastando perto do local onde jaziam meus amigos quando ouvi, entre silvos e explosões, o ruído de motores acompanhado de um terrível chacoalhar do aço que fez com que minhas orelhas se voltassem para trás. O barulho vinha do alto da colina, onde os soldados haviam desaparecido. O ruído crescente ficou ainda mais desagradável quando o bombardeio cessou.

Então eu vi o meu primeiro tanque, mas não sabia o que era. Ele se ergueu acima da colina, contra a luz fria da madrugada, um monstro cinzento que se movia pesadamente, soltando fumaça por trás enquanto descia a colina, em minha direção. Hesitei por alguns momentos, antes que o pavor me arrancasse de perto de Topthorn e me fizesse descer a colina até o rio. Entrei no rio sem saber se dava pé e, quando me dei conta, já estava na margem oposta. Ousei parar e olhar para trás para ver se aquela coisa continuava me perseguindo, mas eu nunca deveria ter olhado, porque um monstro havia se transformado em vários monstros, e eles desceram a colina, passando por cima de Topthorn e de Friedrich. Escondi-me entre as árvores, achando que estava protegido. Vi os tanques atravessarem o rio, depois me virei e saí correndo.

Corri não sei para onde. Corri até não poder mais ouvir aquele barulho medonho, até que o estouro dos canhões parecesse distante. Lembro-me de que cruzei outro rio, atravessei pátios de fazenda vazios, pulei cercas, fossos e trincheiras abandonadas e corri por vilarejos desertos, devastados, até que me vi pastando num prado viçoso e orvalhado, sob o céu noturno, bebendo água num regato límpido, coberto de seixos. Então o cansaço me venceu, sugando-me a força das pernas, o que me forçou a deitar e dormir.

Quando acordei, estava escuro, e os canhões continuavam atirando ao meu redor. Parecia que, para onde quer que eu olhasse, o céu estava iluminado por clarões amarelos dos incandescentes tiros de canhão, que feriam meus olhos e derramavam a luz do dia sobre os campos noturnos. Parecia que todos os caminhos levavam aos canhões. Pensei que o melhor seria ficar parado. Pelo menos ali eu tinha grama em abundância e água fresca para beber.

Eu tinha decidido não me mexer, quando vi uma explosão de luz branca no céu e ouvi a rajada de uma metralhadora cortando o ar noturno, as balas chicoteando o chão ao meu redor. Então comecei a correr. Corri noite adentro, tropeçando em valas e barreiras, até que a grama desapareceu dos campos e as árvores tornaram-se pedaços de troncos contra um horizonte lampejante. Agora, para onde quer que eu fosse, havia crateras cheias de água suja e estagnada.

Ao sair cambaleante de uma dessas crateras, choquei-me contra um rolo de arame farpado invisível que esbarrou em minha pata e a prendeu. Coiceei desesperadamente, o arame farpado rasgando a minha carne, até que consegui me soltar e fugi. Dali em diante, tudo o que fiz foi mancar lentamente, tateando o caminho escuro com as patas. Devo ter andado sem rumo por quilômetros. Minha pata latejava de dor, enquanto os canhões estouravam ao meu redor e os rifles atiravam. Sangrando, machucado e apavorado, voltei o pensamento para Topthorn. Eu dizia a mim mesmo que ele saberia em que direção seguir. Ele saberia.

Continuei caminhando aos tropeções, guiado apenas pela esperança de encontrar, na escuridão da noite, algum lugar onde me abrigar do bombardeio. Atrás de mim, o lampejar e o trovejar dos canhões transformavam o breu da noite em dia e era tão assustador e intenso que eu não conseguia nem mesmo pensar em voltar, ainda que eu estivesse me distanciando do corpo de Topthorn. À minha frente e em ambos os lados, havia tiroteio, mas eu podia vislumbrar ao longe um horizonte negro e tranquilo, e foi para lá que segui.

Minha perna ferida estava enrijecendo com o frio da noite e doía até mesmo quando eu a levantava. Eu logo descobri que não podia colocar peso sobre ela. Aquela seria a noite mais longa de minha vida, um pesadelo de agonia, de medo e de solidão. Acho que foi o instinto de sobrevivência que me manteve em pé e me fez seguir em frente. Eu sabia que minha única chance era me afastar dos sons da batalha o mais possível, de modo que continuei andando. Às vezes, eu ficava paralisado com os tiros de rifle e de metralhadora e com medo de seguir em qualquer direção. Então, o tiroteio cessava, e eu percebia que os meus músculos podiam se mexer novamente.

No começo, a névoa havia pairado apenas sobre as crateras, mas depois de algumas horas vi-me cercado por uma névoa densa que deixava ver apenas formas vagas, produzidas pelo contraste da luz com a escuridão. Quase cego, guiei-me pelo estouro distante dos canhões, afastando-me dele em direção a um mundo mais escuro e silencioso à minha frente.

A alvorada começava a dissolver a névoa quando ouvi sussurros à minha frente. Parei para escutar melhor, apertando os olhos para enxergar a quem pertenciam as vozes.

– Em posição! Vamos, andem! – As vozes foram abafadas pela névoa. Então ouvi passos e o som de rifles. – Não deixe cair, garoto. Pegue, vamos. O que você pensa que está fazendo? Limpe esse rifle! – Fez-se um longo silêncio, e eu caminhei cautelosamente em direção às vozes, intrigado e apavorado.

– Ali, sargento. Vi alguma coisa ali, juro que vi.

– Viu o quê, filho? O exército alemão? Alguns soldados passeando à luz do dia?

– Não era humano, sargento, e também não era alemão. Parecia um cavalo ou uma vaca.

– Um cavalo ou uma vaca? Na terra de ninguém? E como é que eles vieram parar aqui? Você tem dormido pouco, filho. Está vendo coisas.

– Também ouvi alguma coisa, sargento. Juro que ouvi.

– Eu não estou vendo nada, filho. Não estou vendo nada, pois não há nada para ver. Você está nervoso, e o seu nervosismo fez o batalhão ficar de prontidão meia hora mais cedo. O tenente não vai gostar disso. Você estragou o sono de beleza dele, não foi? Acordou os capitães, os majores, os brigadeiros e até mesmo os sargentos, tudo porque pensou ter visto um maldito cavalo. – Ele ergueu a voz para continuar. – Mas, agora que estamos em formação, quero ter certeza de que os alemães não vão nos surpreender, saindo dessa maldita névoa que não deixa ver nada. Quero que fiquem com os olhos bem abertos, para que possamos chegar vivos ao café da manhã. Daqui a pouco, vou distribuir uma ração de rum. Isso vai alegrá-los, mas, até lá, quero que fiquem de olhos bem abertos.

Enquanto ele falava, eu mancava para longe dele. Tremia da cabeça ao rabo, esperando o próximo tiro de rifle ou de canhão, e tudo o que eu mais queria era estar sozinho, distante de qualquer barulho, fosse ele ameaçador ou não. Debilitado e assustado, eu havia perdido a capacidade de pensar e estava vagando sem rumo pela névoa, até onde minhas pernas boas pudessem aguentar. Então parei, descansando a perna ferida num monte de lama fresca, ao lado de uma poça de água malcheirosa, e revirei o solo inutilmente à procura de algo para comer. Não havia grama naquele lugar, e eu não tinha nem vontade nem energia para dar outro passo. Ergui a cabeça e olhei em volta, à procura de grama, e, ao fazer isso, senti os primeiros raios de sol tocando o meu corpo frio e cansado. Tremi.

Minutos depois, a névoa começou a se dissipar, e vi pela primeira vez que eu estava num longo corredor de lama, numa paisagem devastada, cercado por rolos de arame farpado que sumiam no horizonte. Lembrei que eu tinha passado por um lugar parecido quando investira contra o exército alemão, com Topthorn ao meu lado. Aquilo era o que os soldados chamavam de "terra de ninguém".

CAPÍTULO 16

EM AMBOS OS LADOS DAS TRINCHEIRAS O SOM DE risadas crescia, entremeado com ordens esbravejadas para que todos mantivessem a cabeça baixa e cessassem fogo. Do alto de minha posição avantajada, eu podia ver, aqui e ali, o reflexo dos capacetes de aço – a única prova de que as vozes que eu ouvia pertenciam a pessoas de verdade. Então senti um cheiro maravilhoso de comida e levantei o focinho para senti-lo. Era muito melhor do que mingau de farelo, só que salgado. Fui atraído primeiro para um lado e depois para o outro com a promessa de comida quente, mas, toda vez que eu me aproximava das trincheiras, deparava com uma barreira impenetrável de arame farpado. Os soldados me aplaudiam quando eu me aproximava deles, colocando a cabeça para fora das trincheiras e sinalizando para que eu seguisse em sua direção. Quando eu dava meia-volta por causa do arame farpado e atravessava a terra de ninguém até a trincheira oposta, era recebido por um coro de assobios e de palmas, mas não havia como passar pelo arame farpado. Devo ter atravessado a terra de ninguém muitas vezes naquela manhã, até que encontrei, no meio daquele deserto de devastação, um pequeno pedaço de grama áspera e molhada na borda de uma velha cratera.

Eu estava comendo as últimas folhas de grama quando vi, com o rabo do olho, um homem de farda cinza que saía de uma das trincheiras e balançava uma bandeira branca sobre a cabeça. Ergui o olhar, e ele começou a subir a trincheira metodicamente, colocando o arame farpado de lado. Enquanto isso, do outro lado, os soldados discutiam calorosamente, até que uma figura pequena com capacete e um sobretudo cáqui esvoaçante subiu à terra de ninguém. Ele também segurava um lenço branco e começava a atravessar a barreira.

O alemão foi o primeiro a chegar à terra de ninguém, deixando uma pequena brecha no arame farpado. Aproximou-se de mim lentamente, tentando chamar a minha atenção. Ele me lembrava um pouco o meu querido Friedrich, pois também tinha cabelos grisalhos, andava maltrapilho, com a farda desabotoada, e falava suavemente. Numa das mãos, trazia uma corda, e a outra estava estendida em minha direção. Ele ainda estava muito longe para que eu conseguisse enxergá-lo com clareza, mas a promessa da mão posta em concha foi suficiente para me fazer mancar cautelosamente em sua direção. Agora, as trincheiras de ambos os lados estavam cheias de homens agitados erguendo-se acima do parapeito e acenando com o capacete.

– Calma, garoto! – o grito veio de trás de mim com uma urgência que me fez parar. O homenzinho de uniforme cáqui caminhava em minha direção e acenava espalhafatosamente, o lenço branco erguido acima da cabeça. – Calma, garoto! Aonde pensa que vai? Espere. Você está indo para o lado errado.

Os dois homens que vinham em minha direção não poderiam ser mais diferentes. O que estava de farda cinza era mais alto, e, quando se aproximou de mim, vi que seu rosto apresentava marcas de velhice. Seus movimentos eram lentos e gentis debaixo das roupas folgadas. Ele não usava capacete. Em vez disso, trazia na cabeça um quepe mal-ajambrado com uma faixa vermelha. O homenzinho de farda cáqui nos alcançou, esbaforido, o rosto enrubescido, ainda jovem e imberbe, o capacete de aba larga pendendo enviesado na cabeça. Por alguns segundos, os dois ficaram se encarando desconfiados, sem dizer palavra. Então o mais jovem quebrou o silêncio.

– E agora? – perguntou, caminhando em nossa direção e olhando para o soldado alemão, que era pelo menos uma cabeça mais alto do que ele. – Temos um cavalo para dividir entre duas pessoas. Podemos parti-lo ao meio, como o Rei Salomão, mas não seria muito prático, não é? O pior é que não falo nada de alemão, e você também não deve entender bulhufas de inglês. Maldição! O que estou fazendo aqui? Não sei o que deu em mim, e tudo isso por um cavalo sujo.

– Eu falo um pouco de inglês – disse o homem mais velho, com a mão posta em concha debaixo do meu focinho. Estava cheia de migalhas de pão escuro, um petisco bastante familiar, porém muito amargo para o meu gosto, mas eu estava faminto demais para fazer exigências, de modo que comi tudo enquanto eles conversavam. – Falo um pouco de inglês, como uma criança de escola, mas acho que é suficiente. – Senti uma corda descendo lentamente pelo meu pescoço e o apertando. – Quanto ao nosso problema, como cheguei primeiro, acho que o cavalo me pertence. Justo, não? Como o seu críquete?

– Críquete! Críquete! – exclamou o mais jovem. – Quem liga para críquete? Isso é coisa de inglês. No País de Gales, jogamos rúgbi. Isso sim é que é esporte. No entanto, não é só um esporte, é quase uma religião para nós, galeses. Eu jogava como médio *scrum* no time do Maesteg antes que a guerra me parasse e, em Maesteg, dizemos que as bolas divididas são nossas.

– Como? – disse o alemão, franzindo as sobrancelhas. – Não entendi.

– Não importa, alemão. Não importa. Poderíamos ter resolvido isso de maneira pacífica. Refiro-me à guerra, é claro. Eu poderia estar na minha terra e você na sua. Mas você não tem culpa. Eu também não.

Agora os dois lados estavam calados, atentos aos homens que tinham vindo me buscar. O galês afagou-me o focinho e as orelhas.

– Você entende de cavalos, não entende? – perguntou o alemão. – Sabe dizer se o ferimento é grave, se ele quebrou a pata? Acho que ele não está conseguindo se apoiar nela.

O galês se curvou e levantou a minha pata cuidadosamente, tirando a lama que estava em volta do corte.

– Ele está bem ruinzinho, alemão. Acho que não quebrou nada, mas o ferimento é bastante grave e profundo. Deve ter sido feito no arame farpado. Temos que mandá-lo para a unidade veterinária imediatamente, antes que o veneno faça efeito e ele morra. Pelo tamanho do corte, ele deve ter perdido muito sangue. A pergunta é: Quem vai levá-lo? Temos um hospital veterinário em algum lugar atrás das nossas linhas, mas vocês também devem ter.

– Acho que sim. Só não sei onde fica – disse o alemão. Então meteu a mão no bolso e tirou uma moeda. – Você escolhe. "Cara ou coroa." Acho que é assim que vocês falam. Vou mostrar a moeda para os dois lados para que todos saibam que a decisão vai ser tirada na sorte. Assim, ninguém vai se sentir desonrado, e todos vão ficar felizes.

O galês ergueu o olhar, admirado, e sorriu.

– Está bem, alemão. Você joga a moeda, e eu escolho o lado.

O alemão ergueu a moeda e a girou lentamente, para que todos pudessem vê-la. Então a jogou para cima, cintilando à luz do sol. Quando ela começou a cair, o galês gritou alto e bom som:

– Cara!

– Ora, ora – disse o alemão, curvando-se para pegar a moeda. – Se não é a efígie do meu cáiser olhando para mim... Ele está furioso! Você venceu. O cavalo é seu. Cuide bem dele, meu amigo. – Pegou a corda, entregou-a para o galês e estendeu a mão num gesto de amizade e reconciliação. Tinha um sorriso estampado no rosto cansado. – Em uma ou talvez duas horas – ele disse –, estaremos outra vez nos esforçando para nos matar. Só Deus sabe por que fazemos isso, e acho que até mesmo ele se esqueceu. Adeus, galês. Mostramos a eles, não foi? Mostramos que podemos resolver quaisquer problemas se confiarmos um no outro. É disso que precisamos, não acha?

O pequeno galês balançou a cabeça, surpreso, ao pegar a corda.

– Alemão, meu amigo, acho que, se nos deixassem aqui por uma ou duas horas, seríamos capazes de resolver toda essa confusão. Acabaríamos com o choro das viúvas e dos órfãos de guerra. E, se fosse o caso, resolveríamos tudo no "cara ou coroa".

– Se fizéssemos isso – disse o alemão, dando uma risadinha –, seria a nossa vez de vencer. Acho que Lloyd George não ficaria muito satisfeito. – Colocou as mãos nos ombros do galês. – Cuide-se, meu amigo, e boa sorte.

Auf wiedersehen. – Deu meia-volta e atravessou lentamente aquela terra de ninguém, em direção à trincheira.

– Você também, meu amigo – gritou o galês. Depois se virou e me conduziu até os soldados vestidos de cáqui, que aplaudiram e vibraram quando me viram caminhar mancando em direção a eles, passando por uma fresta no arame farpado.

CAPÍTULO 17

FOI COM MUITA DIFICULDADE QUE EU ME MANTIVE em pé sobre três pernas na traseira da carroça veterinária que me levou para longe do pequeno galês. Os soldados me aplaudiram. No entanto, quando pegamos a estrada esburacada que atravessava as linhas inglesas, perdi o equilíbrio e caí desajeitadamente num desconfortável fardo de feno. Minha pata ferida latejava de dor com o chacoalhar da carroça, que se afastava lentamente do campo de batalha. A carroça era puxada por dois cavalos negros, fortes e bem-cuidados, com arreios lubrificados. Debilitado por causa das longas horas de dor e de fome, não tive forças nem mesmo para me erguer quando as rodas subiram nas lajes de pedra e a carroça parou, bruscamente, debaixo de um pálido e morno sol de outono. Minha chegada foi celebrada com um coro de relinchos alegres. Ergui a cabeça. Por cima das tábuas laterais da carroça, vi um largo pátio de lajes de pedra ladeado por baias magníficas, assim como uma casa grande com torres. Nas baias, por cima das porteiras, viam-se as cabeças de cavalos curiosos, com as orelhas erguidas. Havia homens com farda cáqui por toda parte. Alguns correram em minha direção, um deles segurando um cabresto.

Não foi fácil descer da carroça, pois eu estava fraco e as minhas pernas estavam dormentes devido à longa viagem, mas os rapazes me puseram em pé e me ajudaram a descer a rampa de costas, com cuidado. Então percebi que eu era o centro das atenções e que os olhares de expectativa e admiração estavam todos voltados para mim. Fui cercado por uma multidão de soldados que examinou e apertou minuciosamente cada parte de meu corpo.

– Que diabos vocês pensam que estão fazendo? – disse uma voz estrondosa, que ecoou pelo pátio. – É só um cavalo. Um cavalo como outro qualquer. – Um homem corpulento caminhou a passos largos em nossa direção, as botas esmagando pesadamente as lajes de pedra.

O rosto pesado estava parcialmente escondido pela sombra do quepe pontudo que quase tocava o seu nariz e pelo bigode vermelho, que ia dos lábios até as orelhas. – Não me interessa se ele é famoso. Não me interessa se ele é o primeiro a escapar com vida da terra de ninguém. Ele é só um cavalo. Um cavalo sujo, por sinal. Já vi muitos cavalos sujos, mas esse é o mais sujo de todos. É uma vergonha, e vocês ficam aí olhando para ele. – Ele usava três largas divisas no braço, e as pregas da farda estavam perfeitas. – Temos mais de cem cavalos neste hospital, e somos apenas doze. Já destaquei esse rapazinho para cuidar do cavalo, de modo que o resto de vocês pode voltar para os seus afazeres. Vamos, seus macacos preguiçosos! Vamos! – Os homens dispersaram, deixando-me sozinho com um jovem soldado que começou a me levar para uma das baias. – E, quanto a você, o major Martin vem examinar o cavalo daqui a dez minutos. Certifique-se de esfregar bem esse pelo para que ele fique brilhando como um espelho. Fui claro?

– Sim, sargento – foi a resposta, uma resposta que me fez sentir inesperados calafrios de reconhecimento. Eu não sabia onde tinha ouvido aquela voz, mas, de repente, eu sabia apenas que aquelas duas palavras provocaram um tremor de alegria, esperança e expectativa, algo que me aqueceu de dentro para fora.

O rapaz me conduziu lentamente pelas lajes de pedra. Tentei ver o seu rosto, mas ele ia à minha frente, de modo que só consegui enxergar um pescoço barbeado e um par de orelhas rosadas.

– Como é que você foi parar na terra de ninguém, seu tolinho? – disse ele. – É o que todos andam se perguntando por aqui. E como foi que você se machucou desse jeito? Está todo coberto de sangue e de lama. Como será que você é debaixo dessa bagunça? Bom, vamos descobrir. Vou amarrá-lo aqui para tirar o grosso da sujeira ao ar livre. Depois vou escová-lo para que você fique bem bonito para a inspeção veterinária. Venha, tolinho. Quando você estiver limpo, o major vai cuidar desse seu corte feio. Sinto dizer que só posso lhe dar de comer e de beber depois que ele autorizar. Ordens do sargento. É que você pode precisar de cirurgia. – Ele começou a assobiar, e o seu assobio lembrou-me o dono da voz que eu conhecia. Isso confirmou as minhas expectativas, e eu tive certeza de que não podia estar enganado. Feliz da vida, empinei e relinchei, para que ele me reconhecesse. Queria que ele me visse. – Ei! Cuidado, seu tolinho. Você quase tirou o meu chapéu – disse ele, suavemente, enquanto segurava a corda com firmeza e afagava o meu focinho, como costumava fazer. – Não fique assim. Você vai melhorar. Não é nada grave. Eu já tive um potro parecido com você. Ele também era arredio, mas, depois que passamos a nos conhecer melhor, tudo mudou.

– Está falando com os cavalos de novo, Albert? – disse uma voz na baia seguinte. – Por Deus! O que o faz pensar que eles entendem alguma coisa?

– Alguns podem não entender, David – disse Albert. – Mas tenho certeza de que, um dia, um deles vai entender. Ele vai aparecer aqui e vai reconhecer minha voz. Isso é inevitável. E então você verá um cavalo que entende tudo o que é dito a ele.

– Você não está falando do seu Joey de novo, está? – disse o dono da voz debruçando-se sobre a porteira da baia. – Você não desiste, não é, Berty? Já lhe disse mil vezes. Parece que há mais de meio milhão de cavalos lá fora, e você se alistou na unidade veterinária só para encontrar um deles. – Toquei o chão com a pata ferida para que Albert olhasse para mim, mas ele simplesmente acariciou o meu pescoço e continuou a me limpar. – Existe uma chance em meio milhão de que o seu Joey apareça por aqui. Você tem que ser realista. Ele pode estar morto. Pode ter sido levado para a Palestina com a cavalaria da *Yeomanry*. Pode estar em qualquer lugar ao longo de centenas de quilômetros de trincheiras. Se você não fosse tão bom com os cavalos, e não fosse o meu melhor amigo, eu diria que está ficando louco.

– Você vai entender quando o vir, David – disse Albert, agachando-se para raspar a crosta de lama que havia se formado em minha barriga. – Você vai ver. Ele é diferente. Ele é um baio avermelhado com crina e rabo pretos. Tem uma cruz branca na fronte e quatro meias brancas simétricas. Mede cerca de 1,60 m de altura e é perfeito da cabeça ao rabo. Quando o vir, você vai reconhecê-lo. Eu seria capaz de reconhecê-lo em meio a uma multidão de milhares de cavalos. Ele é especial. O falecido capitão Nicholls – aquele que comprou o Joey de meu pai e depois me mandou um quadro –, ele sabia. Percebeu assim que viu Joey pela primeira vez. Vou encontrá-lo, David. Foi por isso que vim para cá, e tenho certeza de que vou encontrá-lo. Ou isso ou ele vai me encontrar. Fiz uma promessa e pretendo cumpri-la.

– Você está ficando louco, Berty – disse o amigo, abrindo a porteira da baia e se aproximando para examinar a minha pata. – Está ficando louco, só digo isso. – Pegou uma de minhas patas e a levantou com delicadeza. – Esse aqui tem meias brancas nas patas da frente,

137

pelo menos é o que parece, debaixo do sangue e da lama. Vou limpar o corte para ajudá-lo. Já tirei o esterco das baias, não tenho mais nada para fazer, e parece que você precisa de uma mãozinha. Se eu tiver feito tudo o que ele me pediu, o sargento Trovão não vai se aborrecer.

Os dois rapazes trabalharam incansavelmente, me esfregando, escovando e lavando. Fiquei parado, tentando cutucar Albert com o focinho para que ele olhasse para mim, mas ele estava ocupado demais limpando o meu rabo e os meus quartos traseiros.

– Três – disse o amigo, limpando outro casco. – Três meias brancas.

– Não comece, David – disse Albert. – Sei o que você pensa. Sei que todos pensam que eu nunca vou encontrá-lo. Há no exército milhares de cavalos com quatro meias brancas, eu sei disso, mas apenas um deles tem uma marca em forma de cruz na fronte. Além do mais, quantos cavalos reluzem como fogo à luz da tarde? Eu estou lhe dizendo que ele é diferente. É único.

– Quatro – disse David. – Quatro pernas e quatro meias brancas. Só falta uma cruz branca na fronte e uma mão de tinta vermelha nesse cavalo sujo e enlameado para que você tenha o seu Joey à sua frente.

– Não chateie – disse Albert, tranquilo. – Não chateie, David. Você sabe quanto ele é importante para mim. Se eu encontrá-lo, vou ficar muito feliz. Ele era o meu melhor amigo. Já lhe disse isso. Cresci com ele. Ele era a única criatura neste mundo com quem eu tinha alguma ligação.

Agora David estava limpando a minha cabeça. Levantou a minha crina e começou a esfregar a minha fronte, primeiro suavemente e depois com mais intensidade, soprando o pó dos meus olhos. Examinou-me de perto e em seguida começou a esfregar o focinho e as orelhas, até que eu perdi a paciência e joguei a cabeça para trás.

– Berty – disse ele, em voz baixa. – Não é brincadeira, juro que não. Você disse que o seu Joey tinha quatro meias brancas simétricas, não disse?

– Disse – respondeu Albert, ainda escovando o meu rabo.

– E disse que ele tinha uma cruz branca na fronte, não disse?

– Disse – respondeu Albert, completamente desinteressado.

– Eu nunca vi um cavalo assim, Berty – disse David, usando a mão para alisar o cabelo que caía em minha fronte. – Nunca pensei que fosse possível.

– É possível, sim! – disse Albert, rispidamente. – E ele era vermelho, vermelho como o fogo à luz do sol.

– Nunca pensei que fosse possível – continuou o amigo, mas a voz lhe faltava. – No entanto, vejo agora que eu estava errado.

– Pare com isso, David – disse Albert, irritado. – Você sabe quanto ele é importante para mim, não sabe?

– Eu estou falando sério, Berty. Seriíssimo. Esse cavalo tem quatro meias brancas simétricas, como você disse. Tem uma cruz branca na fronte. E, como você pode ver, tem a crina e o rabo pretos. Ele mede cerca de 1,60 m de altura. E, quando estiver limpo, vai ficar muito bonito. Além do mais, debaixo dessa lama, o seu pelo é baio avermelhado, como você disse, Berty.

Albert largou o meu rabo e caminhou lentamente à minha volta, correndo a mão pelo meu dorso, até que ficamos um de frente para o outro. O seu rosto parecia mais duro, pensei. Havia mais linhas em torno de seus olhos, e ele parecia mais largo e forte com a farda, mas era o meu Albert. Sem dúvida, era o meu Albert.

– Joey? – disse ele, olhando-me nos olhos cheio de esperança. – Joey? – Joguei a cabeça para trás e relinchei de felicidade, de modo que o meu relincho ecoou pelo pátio e fez homens e cavalos correrem até a porteira das baias. – Pode ser ele – disse Albert em voz baixa. – Tem razão, David. Até o relinchar parece o dele. No entanto, só há um jeito de eu ter certeza. – Desprendeu a rédea e o cabresto, deu meia-volta e caminhou até a porteira. Então, se virou para mim, levou a mão à boca e assobiou, o mesmo assobio grave e intermitente que usava para me chamar na fazenda. A dor sumiu, e eu trotei com facilidade até ele, descansando o focinho em seu ombro. – É ele, David – disse Albert, abraçando-me. – Meu Joey! Eu o encontrei! Ele voltou!

– Viu? – disse David, ironicamente. – Eu não disse? Eu não erro.

– É verdade – disse Albert. – Você não erra.

CAPÍTULO 18

NOS DIAS EUFÓRICOS QUE SE SEGUIRAM AO NOSSO reencontro, o pesadelo que eu tinha vivido pareceu sumir lentamente na vagueza dos fatos, e de repente a guerra ficou distante e perdeu a importância. Não se ouviam tiros de canhão, e a única coisa que nos fazia lembrar de que o sofrimento e o conflito continuavam em outras partes eram as carroças veterinárias que chegavam da linha de frente.

O major Martin limpou e suturou o meu corte; e, embora no começo eu não pudesse colocar muito peso sobre a pata, fui me sentindo melhor com o passar dos dias. Eu tinha reencontrado o meu Albert, e isso já era um ótimo remédio. Além do mais, fui alimentado com mingau de farelo e feno de boa qualidade; a minha recuperação parecia ser apenas uma questão de tempo. Albert, assim como os outros ajudantes, tinha de cuidar de muitos cavalos ao mesmo tempo, mas vinha me visitar sempre que possível. Para os soldados, eu era uma espécie de celebridade, de modo que eu raramente ficava sozinho. Havia sempre um ou dois soldados olhando para mim por cima da porteira. Até mesmo o velho Trovão, apelido do sargento, às vezes vinha me inspecionar entusiasmado e, quando via que estávamos sozinhos, acariciava as minhas orelhas e fazia cócegas em meu pescoço, dizendo:

– Bom garoto, bom garoto. Você é um cavalo de primeira, sabia? Trate de ficar bom, está ouvindo?

O tempo passou, mas eu não fiquei bom. Certa manhã, percebi que já não conseguia comer todo o mingau de farelo que punham para mim e que cada som mais agudo, como um balde caindo ou o ranger da porteira, deixava-me subitamente tenso da cabeça ao rabo. Minhas patas dianteiras pareciam não funcionar tão bem quanto antes. Estavam duras e cansadas, e eu sentia uma dor que se alastrava da coluna para o pescoço e do pescoço para a face.

Albert percebeu que havia algo errado comigo quando viu o resto de mingau no balde.

– O que você tem, Joey? – perguntou, ansioso, esticando o braço para me fazer um afago, como sempre fazia quando estava preocupado. No entanto, aquele gesto de carinho, que eu normalmente interpretaria como um sinal de afeto, deixou-me alarmado e me fez recuar para o canto da baia. Ao fazer isso, notei que a rigidez das minhas patas dianteiras quase não permitia que eu me mexesse. Tropecei e caí pesadamente sobre a parede de tijolos do fundo da baia. – Eu bem que senti que havia algo errado ontem – disse Albert, ainda parado. – Achei você um pouco pálido. O seu dorso está duro como uma tábua, e você está coberto de suor. O que você foi me arranjar, seu tolinho? – Ele caminhou lentamente em minha direção, e, embora o seu toque ainda me causasse um medo irracional, procurei me conter e permiti que ele me acariciasse. – Você pode ter pegado alguma doença em suas andanças. Talvez tenha comido algo venenoso, mas, se fosse o caso, acho que já teríamos percebido. Você vai ficar bem, Joey, mas, por precaução, vou chamar o major Martin. Ele vai examiná-lo e, se tiver algo errado com você, vai colocá-lo em pé "em meio segundo", como meu pai costumava dizer. O que será que o velho pensaria se nos visse juntos? Ele nunca acreditou que eu seria capaz de encontrá-lo, dizia que eu era tolo por tentar, que eu acabaria morrendo, mas ele se tornou outro homem depois que você partiu, Joey. Ele reconheceu o próprio erro, e isso pareceu expurgar toda a sua maldade. Foi como se ele quisesse se redimir depois do que fez. Parou com as sessões de bebedeira às terças-feiras, voltou a cuidar de minha mãe e passou a me tratar bem, como se eu fosse algo mais que um animal de carga.

Pelo seu tom de voz, percebi que ele estava tentando me acalmar, como fizera quando eu era apenas um potro assustado e arisco. Naquela ocasião, suas palavras tinham funcionado, mas agora eu não conseguia parar de tremer. Cada nervo de meu corpo parecia tenso, e eu estava ofegante. Cada fibra do meu corpo era consumida por um inexplicável sentimento de medo, de pânico.

– Volto em um minuto, Joey – disse ele. – Não se preocupe. Você vai ficar bem. O major Martin vai curá-lo. Ele faz milagres com os cavalos. – Ele recuou até que eu o perdesse de vista.

Não demorou muito até que ele retornasse com o amigo David, o major Martin e o sargento Trovão, mas só o major Martin entrou na baia para me examinar. Os outros se debruçaram sobre a porteira e ficaram olhando. Ele se aproximou de mim com cautela, ajoelhando-

-se perto de minha pata dianteira para examinar o ferimento. Depois correu as mãos por todo o meu corpo, desde as orelhas até o rabo, e se levantou para me observar do outro lado da baia. Balançava a cabeça tristemente quando se virou para falar com os outros.

– O que me diz, sargento? – ele perguntou.

– Pelo visto, acho que chegamos à mesma conclusão, senhor – disse o sargento Trovão. – Ele está parado como um pedaço de pau, com o rabo empinado. Mal consegue mexer a cabeça. Não há dúvidas sobre o que pode ser...

– É. Nenhuma dúvida. – disse o major Martin. – Já tivemos muitos casos como esse. Quando não é por causa do arame farpado enferrujado, é por causa dos estilhaços de granada. Basta que um pedacinho se aloje no corpo, um corte, e pronto. Já vi isso muitas vezes. Sinto muito, garoto – disse o major, colocando a mão no ombro de Albert para consolá-lo. – Sei o quanto esse cavalo é importante para você, mas é muito pouco o que podemos fazer por ele na condição em que ele se encontra.

– O que isso quer dizer, senhor? – perguntou Albert.

– O que aconteceu? Ontem, ele estava bem. Só não quis comer a ração. Estava tenso, mas, fora isso, estava bem.

– É tétano, filho – disse o sargento Trovão. – O "tranca-mandíbulas", como dizem. Ele tem todos os sintomas. O corte deve ter infeccionado antes de ele chegar aqui. E, quando um cavalo pega tétano, as chances de ele sobreviver são muito pequenas.

– É melhor sacrificá-lo – disse o major Martin. – Ele não precisa sofrer. Vai ser melhor para ele e melhor para você.

– Não! – protestou Albert, ainda incrédulo. – Não faça isso, senhor. Não com o meu Joey. Temos que tentar alguma coisa. Deve haver alguma coisa que possamos fazer. Não desista. Por favor. Não desista do Joey.

David apoiou o amigo.

– Com licença, major. Foi o senhor mesmo quem disse que a vida de um cavalo é muitas vezes mais valiosa do que a de um homem, pois os cavalos não têm maldade, a menos que ponhamos maldade neles. O senhor também disse que a nossa função na unidade veterinária é trabalhar dia e noite, vinte e seis horas por dia, para tentar salvar tantos cavalos quanto for possível, pois cada cavalo é importante por si mesmo e para a guerra. Sem cavalos, não há cavalaria. Sem cavalos, não podemos levar água para as tropas da linha de frente. Eles são imprescindíveis para o exército.

Não podemos desistir deles em hipótese alguma, pois onde há vida há esperança. Essas foram as suas palavras, senhor.

– Não seja atrevido – disse o sargento Trovão, irritado. – Isso é jeito de falar com um oficial? Se houvesse uma chance em um milhão de salvar a pobre criatura, o major teria dito, não é, major?

O major Martin olhou severamente para o sargento Trovão, como se o tivesse entendido, e meneou a cabeça.

– Está bem, sargento. Sei muito bem aonde quer chegar. É claro que existe uma chance – disse ele, cauteloso –, mas vou precisar que alguém fique com ele em tempo integral durante um ou dois meses e, mesmo assim, as chances de ele sobreviver são pequenas.

– Por favor, senhor – implorou Albert. – Por favor. Eu farei isso. E cuidarei dos outros cavalos também. Eu prometo.

– E eu vou ajudar – disse David. – Todos vão ajudar. Sei que vão. Joey é especial para todos nós por ser o cavalo de Berty antes da guerra.

– Esse é o espírito, garoto – disse o sargento Trovão.

– Mas é verdade, senhor. Esse cavalo é especial. Depois de tudo pelo que passou, acho que ele merece uma chance. Dou-lhe minha palavra de que nenhum cavalo será negligenciado. As baias serão administradas da melhor maneira possível.

O major Martin colocou as mãos na porteira da baia.

– Está bém – disse ele. – Eu aceito. Também gosto de um desafio. Quero que ergam uma eslinga bem aqui. Esse cavalo não pode ficar deitado. Se ele se deitar, nunca mais se levantará. Sargento, mande os homens falarem baixo. Ele não vai querer ouvir barulho, não com tétano. Todos os dias, façam uma cama nova, usando palha curta e fresca. E cubram as janelas para que ele fique sempre no escuro. Daqui para a frente, ele vai ter que tomar leite e mingau de aveia em vez de comer feno, para não se engasgar. Tudo vai piorar antes de melhorar, isto é, se melhorar. A mandíbula dele vai ficar cada vez mais travada, mas ele tem que comer e beber para se manter vivo. Quero que fiquem de olho nele vinte e quatro horas por dia. Isso significa que um de vocês vai ter que ficar aqui o dia todo, todos os dias. Fui claro?

– Sim, senhor – disse o sargento Trovão, abrindo um largo sorriso debaixo do bigode. – E, se me permite dizer, acho que o senhor tomou uma sábia decisão. Vamos tomar as devidas providências. Agora, mãos à obra, seus preguiçosos. Vocês ouviram o que o major disse.

Naquele mesmo dia, suspenderam-me numa eslinga, que ficou presa às vigas do teto. O major Martin reabriu o meu corte para limpá-lo e cauterizá-lo. De tempo em tempo, ele voltava para me examinar. Era Albert quem ficava comigo a maior parte do tempo, segurando o balde próximo do meu focinho para que eu pudesse tomar leite e mingau. À noite, David e ele dormiam lado a lado, revezando-se para cuidar de mim.

Para a minha grande felicidade, Albert vinha conversar comigo e fazia de tudo para me tranquilizar, até que o cansaço o levasse de volta para o seu canto, onde adormecia. Ele falava dos pais e da fazenda. Falava de uma garota que ele tinha conhecido no vilarejo poucos meses antes de partir para a França. Ele dizia que ela não sabia nada sobre cavalos, mas esse era o seu único defeito.

Os dias se passaram lenta e dolorosamente para mim. A rigidez das minhas patas dianteiras se espalhou para o dorso e agravou-se, e o meu apetite começou a minguar. Eu quase não tinha forças para comer o suficiente para me manter vivo. Nos momentos mais terríveis de minha doença, em que eu sentia que cada dia poderia ser o último, somente a presença constante de Albert manteve acesa em mim a vontade de viver. Sua devoção e sua confiança inabalável em minha recuperação davam-me forças para seguir em frente. Eu estava cercado de amigos. David e os outros ajudantes, o sargento Trovão e o major Martin, todos eles eram uma grande fonte de incentivo para mim. Eu podia sentir a angústia com que eles aguardavam a minha recuperação, embora, às vezes, eu me perguntasse se eles estavam fazendo aquilo por mim ou por Albert. Acho que eles se preocupavam com nós dois como se fôssemos seus irmãos.

Então, numa noite de inverno, depois de longas e dolorosas semanas na eslinga, senti uma súbita descontração na garganta e no pescoço e relinchei pela primeira vez, se bem que suavemente. Albert estava sentado no canto da baia, encostado na parede, os joelhos dobrados e os cotovelos apoiados nos joelhos. Seus olhos estavam fechados. Tornei a relinchar suavemente, porém alto o bastante para que ele me ouvisse.

– Foi você, Joey? – perguntou. – Foi você, seu tolinho? Faça de novo. Pode ter sido um sonho. Vamos, faça de novo. – Relinchei e, ao fazer isso, ergui e sacudi a cabeça pela primeira vez em semanas. David também ouviu. Levantou-se, foi até a porteira e gritou para que todos viessem ver. Em poucos minutos, a baia ficou cheia de soldados sorridentes. O sargento Trovão abriu caminho por entre a multidão e parou na minha frente.

– O major mandou vocês falarem baixo – disse ele –, mas isso não é um cochicho. O que aconteceu? Que gritaria é essa?

– Ele se mexeu, sargento – disse Albert. – Mexeu a cabeça com certa facilidade e relinchou.

– É claro – disse o sargento Trovão. – Ele vai melhorar, como prometi. Eu disse que ele ia melhorar, não disse? Vocês já me viram errar alguma vez?

– Não, senhor – disse Albert, sorrindo de orelha a orelha. – Ele está melhorando, não está, sargento? Não estou imaginando coisas, estou?

– Não, não está – disse o sargento Trovão. – Seu Joey vai ficar bem, contanto que fiquemos em silêncio e não o apressemos. Se um dia eu ficar doente, espero ter enfermeiros que cuidem de mim tão bem quanto vocês cuidaram dele. Se bem que, olhando para vocês, eu preferiria que fossem enfermeiras.

Logo depois, recuperei o controle das minhas pernas, e a rigidez do meu corpo se dissipou completamente. Desci da eslinga e, numa manhã de primavera, fui levado para caminhar pelo pátio, sobre as lajes de pedra banhadas pela luz do sol. Foi um desfile triunfante. Albert conduziu-me de costas, cautelosamente, conversando comigo o tempo todo.

– Você conseguiu, Joey. Conseguiu. Estão dizendo que a guerra vai acabar logo. Sei que eu já lhe disse isso há um bom tempo, mas sinto em meus ossos que desta vez é verdade. Vamos voltar para casa. Mal posso esperar para ver a cara do meu pai quando ele nos vir caminhando pela estradinha da fazenda. Mal posso esperar.

CAPÍTULO 19

NO ENTANTO, A GUERRA NÃO ACABOU. AO CON-
trário, pareceu ficar mais próxima, e voltamos a ouvir o
estrondo agourento dos tiros de canhão. Eu já estava
praticamente curado e, embora ainda estivesse um pouco fraco, era usado para transportar cargas leves para o
hospital. Eu trabalhava numa parelha, trazendo feno e
forragem da estação mais próxima ou puxando a carroça de esterco pelo pátio. Sentia-me revigorado, ansioso
para voltar a trabalhar. As minhas pernas e as minhas
espáduas começaram a ganhar músculos outra vez, e eu
sentia que podia aguentar mais horas de trabalho. O
sargento Trovão tinha destacado Albert para me acom-
panhar no trabalho, para que pudéssemos ficar juntos.

Mas de vez em quando Albert era mandado para a linha de frente para trazer os cavalos feridos, e eu ficava esperando, nervoso e irritadiço, com a cabeça debruçada sobre a porteira da baia, até que ouvia o barulho das rodas ecoando nas lajes do pátio e via o meu Albert acenando alegremente, passando pelo arco do portão e entrando pelo pátio.

Depois de um tempo, também voltei para a guerra, para a linha de frente, para o estrondo das bombas que eu pensava ter deixado para trás. Agora, completamente recuperado, eu era o orgulho do major Martin e de sua unidade veterinária e liderava as parelhas perfiladas que puxavam a carroça veterinária ao longo das trincheiras. Albert me fazia companhia, e, por isso, eu não tinha medo das armas. Como Topthorn, ele parecia entender que eu precisava ser lembrado constantemente de sua presença protetora. Sua voz, suas canções, seu assobio, tudo isso servia para me acalmar em meio aos bombardeios.

Ele conversava comigo o tempo todo, tentando me confortar. Às vezes, falava sobre a guerra.

– David disse que os alemães estão acabados – ele me disse numa manhã agitada de verão, quando passávamos pelas fileiras de infantaria e cavalaria, a caminho da linha de frente. Estávamos puxando uma égua cinzenta exausta, uma carregadora de água que havia sido resgatada do campo de batalha enlameado. – Fomos pegos de surpresa dessa vez. Mas David disse que esse foi o último suspiro deles e que, com os ianques do nosso lado, se nos mantivermos firmes, vamos liquidar a guerra antes do Natal. Espero que ele esteja certo, Joey. Ele não costuma errar. Tenho muito respeito pelo David. Todos têm.

Ele às vezes falava sobre a fazenda e sobre a garota do vilarejo.

– O nome dela é Maisie Cobbledick, Joey. Ela trabalha na sala de ordenha da fazenda Anstey. E faz pão. Ah, Joey, ela faz um pão delicioso, e até mesmo a minha mãe diz que as tortas dela são as melhores da região. Meu pai diz que ela é boa demais para mim, mas não é isso que ele quer dizer. Esse é o seu jeito de elogiar. E ela tem olhos azuis, azuis como centáureas. Seus cabelos são dourados e sua pele cheira a madressilva, exceto quando ela vem da sala de ordenha. Nessas ocasiões, mantenho distância. Contei a ela sobre você, Joey. Ela foi a única que disse que eu devia procurá-lo. Ela não queria que eu viesse, é claro. Debulhou-se em lágrimas na estação de trem quando nos despedimos.

Acho que ela me ama. O que você acha? Vamos, seu tolinho, diga alguma coisa. Essa é a única queixa que tenho de você: você é o melhor ouvinte que eu já conheci, mas eu nunca sei o que está se passando em sua cabeça. Tudo o que você faz é piscar os olhos e balançar as orelhas de um lado para o outro. Eu queria que você soubesse falar, Joey. Eu realmente queria.

Então, certa noite, recebemos uma terrível notícia da linha de frente. O amigo de Albert, David, havia morrido junto com os dois cavalos que puxavam a carroça naquele dia.

– Foi acidental – disse Albert, enquanto trazia palha para forrar a baia. – A bala saiu sabe-se lá de onde e o matou. Vou sentir falta dele, Joey. Nós dois vamos sentir. – E sentou-se sobre a palha, no canto da baia. – Sabe o que ele fazia antes da guerra, Joey? Ele vendia frutas numa carroça, nas redondezas de Covent Garden. Ele tinha muita admiração por você, Joey. Sempre dizia isso. E também cuidava de mim. Ele era como um irmão. Tinha 20 anos e a vida inteira pela frente, mas tudo se perdeu por causa de um tiro acidental. Ele costumava falar assim: "Se eu cair, ninguém vai sentir a minha falta. Só a minha carroça, mas não posso levá-la comigo, infelizmente." A carroça era o xodó dele. Certa vez, ele me mostrou uma foto da carroça toda pintada e cheia de frutas, e ele ao lado dela com um sorriso largo como uma banana. – Albert olhou para mim e enxugou as lágrimas. Então começou a falar com raiva: – Agora somos só eu e você, Joey, e ouça o que eu digo, vamos voltar para casa, nós dois. Vou tocar o sino da igreja, vou comer os pães e as tortas da Maisie e vou cavalgá-lo até o rio. David dizia que eu voltaria para casa, e ele estava certo. Vou sobreviver.

A guerra acabou de repente, o que quase surpreendeu os homens ao meu redor. Houve pouca comemoração. Apenas um profundo sentimento de alívio. Albert se afastou dos soldados naquela manhã fria de novembro e veio conversar comigo.

– Mais cinco minutos e a guerra vai acabar, Joey. Vai acabar. Os alemães já se cansaram de lutar, e nós também. Ninguém quer continuar com isso. Às onze horas, os canhões vão cessar fogo, e então a guerra vai acabar. Eu só queria que David estivesse aqui para ver.

Albert tinha mudado depois da morte do amigo. Eu não o via mais sorrir nem brincar. Quando estava comigo, ficava horas a fio em silêncio contemplativo. Ele não cantarolava nem assobiava mais. Eu tentava confortá-lo pousando a cabeça em seu ombro e relinchando suavemente, mas ele parecia inconsolável. Nem mesmo a notícia de que a guerra finalmente havia acabado foi capaz de reacender o brilho dos seus olhos. O sino da torre do relógio, que se erguia junto ao portão, bateu onze vezes, e os homens se cumprimentaram solenemente, deram tapinhas nas costas um do outro e voltaram para as baias.

Os frutos da vitória seriam amargos. No começo, o cessar fogo trouxe poucas mudanças. O hospital veterinário continuou funcionando como sempre, e a quantidade de cavalos feridos ou doentes que chegava pareceu aumentar em vez de diminuir. Dos portões do pátio, víamos colunas intermináveis de soldados marchando alegremente para as estações de trem, junto com tanques, canhões e carroças. Como todos os outros, Albert estava começando a ficar impaciente. Tudo o que ele queria era voltar para casa o mais depressa possível.

Continuamos nos perfilando nas lajes do pátio todas as manhãs, para que o major Martin realizasse a inspeção dos cavalos e das baias. Então, numa manhã sombria e chuvosa, o major Martin não realizou a inspeção das baias. As lajes do pátio reluziam, cinzentas, à primeira luz da manhã. O sargento Trovão mandou os homens descansarem, e o major Martin anunciou os planos de reembarque.

– Então chegaremos à estação Victoria por volta das seis da tarde do próximo sábado, se tivermos sorte. Acho que todos vamos estar em casa para o Natal.

Estava concluindo o seu breve discurso quando o sargento Trovão o interrompeu:

– Permissão para falar, senhor?

– Prossiga, sargento.

– É sobre os cavalos, senhor – começou. – Queremos saber o que vai acontecer com os cavalos. Eles vêm conosco no navio?

O major Martin trocou o pé de apoio e olhou para as botas. Então falou baixinho, como se não quisesse ser ouvido.

– Não, sargento. Os cavalos não vêm conosco.

Ouviu-se um burburinho de protesto nas fileiras.

– Como assim, senhor? – perguntou o sargento. – Eles vão em outro navio?

– Não, sargento – disse o major, batendo na lateral do corpo com a bengala de passeio. – Não foi isso o que eu quis dizer. Eles vão ficar aqui na França.

– Aqui, senhor? – perguntou o sargento. – Mas não está certo! Quem vai cuidar deles? Alguns precisam de atenção especial, dia e noite.

O major meneou a cabeça, os olhos ainda voltados para o chão.

160

– Você não vai gostar do que tenho para dizer – avisou. – Grande parte dos cavalos vai ser vendida aqui na França. Os cavalos do hospital estão doentes ou em recuperação, portanto não vale a pena levá-los para casa. Recebi ordens para leiloá-los neste pátio amanhã de manhã. Já foram colocados avisos nas cidades vizinhas.

– Leiloá-los? Então quer dizer que os cavalos serão vendidos, depois de tudo por que passaram? – O sargento tentou ser educado. – O senhor sabe o que vai acontecer com eles, não sabe?

– Sei, sargento – disso o major Martin –, mas não há nada que possamos fazer. Estamos no exército, e não preciso lembrá-lo de que ordens são ordens.

– Mas sabemos que fim eles terão – disse o sargento Trovão, tentando disfarçar a indignação na voz. – Há milhares da cavalos aqui na França, senhor. Muitos são veteranos de guerra. Então quer dizer que, depois de tudo o que eles fizeram por nós e de tudo o que fizemos por eles, vamos deixá-los morrer desse jeito? Não é possível, senhor.

– É possível, sim – disse o major, rispidamente. – Alguns terão o fim que você está sugerindo. Não posso negar, sargento. Você tem todo o direito de estar indignado. Eu também não gosto disso, como você pode imaginar, mas amanhã de manhã venderemos os cavalos e, no dia seguinte, voltaremos para casa. Você sabe tanto quanto eu que não há nada que possamos fazer.

Albert gritou do outro lado do pátio.

– Todos eles, senhor? Todos? Até mesmo o meu Joey, que nós trouxemos de volta à vida? Até mesmo ele?

O major Martin não disse nada. Simplesmente deu meia-volta e saiu.

CAPÍTULO 20

A EXPECTATIVA DE UM MOTIM PAIRAVA SOBRE O pátio naquela manhã. Homens com sobretudos molhados, o colarinho virado para cima para protegê-los da chuva, reuniam-se em grupos e sussurravam, as vozes baixas e sérias. Albert me ignorou o dia todo. Não veio conversar comigo, nem mesmo olhou para mim, mas simplesmente seguiu a sua rotina diária: limpou o esterco, revestiu o chão com feno e me encilhou, imerso num silêncio profundo e sombrio. Assim como os demais cavalos, eu sabia que estávamos ameaçados. Meu coração palpitava de ansiedade.

Uma sombra agourenta baixara sobre o pátio naquela manhã, e nós, cavalos, estávamos agitados nas baias.

Quando fomos levados para nos exercitar, ficamos pulando e nos debatendo. Albert e os outros reagiram com impaciência, dando puxões na rédea, coisa que ele nunca tinha feito.

A noite caiu, e os homens continuaram conversando em segredo, só que agora o sargento Trovão tinha se juntado a eles no pátio escuro. Vi o lampejo de moedas à meia-luz do crepúsculo. O sargento Trovão trouxera uma pequena caixa de metal que estava sendo passada de mão em mão. Eu podia ouvir o tilintar das moedas chocando-se contra o fundo da caixa. A chuva tinha dado uma trégua, e a noite estava serena, de modo que entreouvi a voz grave e rouca do sargento.

– É o melhor que podemos fazer, rapazes – ele dizia. – Sei que não é muito, mas é tudo o que temos. Ninguém fica rico no exército. Eu dou lances, como combinamos. É contra as regras, mas não importa. Não estou prometendo nada, lembrem-se disso. – Parou de falar e olhou por cima dos ombros antes de continuar. – O major Martin mandou-me ficar calado, e eu não gosto de desobedecer a ordens, vejam bem, mas a guerra acabou, e essa ordem foi como um conselho, digamos assim. Só vou lhes contar isso porque não quero que pensem que o major é uma má pessoa. Ele sabe o que

164

estamos fazendo. Foi ele quem teve a ideia. Ele nos deu cada centavo do seu soldo. Não é muito, mas vai ajudar. É claro que não preciso dizer que isso deve ficar entre nós. Se a notícia se espalhar, ele será punido, assim como todos nós. Então, bico calado.

– O senhor tem o bastante? – perguntou Albert.

– Espero que sim, filho – disse o sargento Trovão, sacudindo a caixa de metal. – Espero que sim. Agora vão dormir. Quero que vocês acordem cedo para lavar os cavalos. É a última coisa que vamos fazer por eles. É o mínimo que podemos fazer.

Então os homens dispersaram, caminhando em grupos de dois ou três, os ombros arqueados por causa do frio, as mãos enfiadas nos bolsos do sobretudo. Apenas um deles permaneceu no pátio. Ele ficou olhando para o céu e depois caminhou em minha direção. Percebi que era Albert pelo jeito de andar – era um andar pesado de fazendeiro, os joelhos sempre um pouco dobrados depois de cada passada. Ele colocou o quepe para trás e se debruçou sobre a porteira da baia.

– Fiz tudo o que estava ao meu alcance, Joey – disse ele. – Todos nós fizemos. Não vou dizer mais nada, pois sei que você entenderia cada palavra que eu dissesse e ficaria preocupado. Desta vez, não posso lhe fazer a mesma promessa que fiz quando meu pai o vendeu para o exército. Não posso, pois não sei se terei como cumpri--la. Pedi ajuda ao sargento, e ele ajudou. Pedi ajuda ao major, e ele ajudou. Agora, estou entregando nas mãos de Deus, pois, no final das contas, tudo depende dele. Fizemos tudo o que estava ao nosso alcance, disso eu tenho certeza. Lembro que, certa vez, a senhora Wirtle disse algo interessante na aula de primeira comunhão: "Deus ajuda aqueles que se ajudam." Ela era uma bruxa velha, mas conhecia muito bem as escrituras. Deus o proteja, Joey. Durma bem. – Esticou o punho fechado e afagou-me o focinho, depois segurou minhas orelhas, virou-se e me deixou sozinho na escuridão da baia.

Aquela era a primeira vez que ele vinha conversar comigo desde que recebera a notícia da morte de David. O simples fato de ouvi-lo aqueceu meu coração.

O dia amanheceu claro por trás da torre do relógio, projetando as sombras longas e esguias dos choupos nas lajes de pedra do pátio, que cintilavam com a geada. Albert acordou antes do toque de alvorada, junto com os outros ajudantes. Quando os primeiros compradores chegaram ao pátio em suas carroças, eu já tinha sido alimentado e escovado com tanta força que meu pelo de inverno brilhava como fogo à luz da manhã.

Os compradores reuniram-se no centro do pátio, e os cavalos que conseguiam andar foram conduzidos numa grande parada e levados até o leiloeiro e os compradores. Fiquei esperando na baia, vendo os outros cavalos serem vendidos antes de mim. Pelo visto, eu seria o último a ser leiloado. Ecos distantes de um leilão passado fizeram-me suar febrilmente, mas me lembrei das palavras de consolo de Albert, na noite anterior, e meu coração desacelerou. Assim, quando Albert veio me buscar, saí marchando tranquilamente. Ele me inspirava confiança dando tapinhas suaves em meu pescoço e sussurrando palavras amorosas em meu ouvido. Os compradores manifestaram sinais visíveis e audíveis de aprovação quando Albert me conduziu ao redor do pátio e me colocou de frente para uma fileira de rostos vermelhos e enrugados e olhos cobiçosos. Então, no meio dos casacos e dos chapéus maltrapilhos dos compradores, vi a figura compenetrada do sargento Trovão, mais alto do que todos os presentes. Perfilada contra a parede, a unidade veterinária assistia a tudo com olhares ansiosos. O leilão começou.

Sem dúvida, eu era um objeto valioso. Recebi muitos lances logo de início, mas, quando o preço começou a subir, as pessoas passaram a balançar a cabeça negativamente, até que sobraram apenas dois arrematantes. Um deles era o próprio sargento Trovão, que tocava o quepe com a ponta da bengala para fazer os lances quase como se estivesse batendo continência, e o outro era um homenzinho magro e forte, com olhos traiçoeiros, que trazia estampado no rosto um sorriso tão carregado de ganância e de maldade que eu quase não conseguia olhar para ele. O preço continuou subindo.

– Vinte e cinco, quem dá mais? Vinte e seis. Vinte e sete, à minha direita. Quem dá mais? Vinte e sete. Quem dá mais? Sargento? Por favor? É um belo animal, como pode ver. Deve valer muito mais do que isso. Mais algum lance?

O sargento balançava a cabeça, os olhos voltados para o chão, reconhecendo a derrota.

– Ah, não! – ouvi Albert sussurrar ao meu lado. – Por favor, Deus. Todos menos esse homem. Ele esteve comprando cavalos a manhã inteira. O velho Trovão diz que ele é açougueiro em Cambrai. Por favor, Deus, não permita.

– Bom, se mais ninguém vai dar outro lance, acho que vou vender para o *monsieur* Cirac de Cambrai por vinte e sete libras inglesas. Alguém dá mais? Não? Dou-lhe uma, dou-lhe duas...

168

– Vinte e oito – disse uma voz no meio dos compradores, e eu vi um velho de cabelos brancos caminhando pesadamente com o auxílio de uma bengala, enquanto abria caminho por entre as pessoas, até ficar de frente para elas. – Dou vinte e oito libras – disse o velho, falando um inglês meio capenga. – E vou logo avisando que farei quantos lances forem necessários para ficar com esse cavalo – disse, voltando-se para o açougueiro de Cambrai. – Sugiro que você desista, meu senhor, pois estou disposto a pagar até cem libras, se chegar a tanto. Ninguém além de mim ficará com esse cavalo. Ele é o cavalo da minha Emilie. É dela por direito. – Antes de ele mencionar o nome da neta, indaguei-me se os meus olhos e os meus ouvidos não estariam me enganando, pois o velho havia envelhecido muito desde a nossa última despedida, e a sua voz estava mais fraca do que eu lembrava. Agora eu tinha certeza. Era o avô de Emilie quem estava ali na minha frente, a boca aberta num sorriso triunfante, os olhos brilhando, desafiando qualquer um que quisesse pagar para ver. Ninguém se manifestou. O açougueiro de Cambrai balançou a cabeça e se virou para o outro lado. Até mesmo o leiloeiro ficou paralisado e demorou um pouco para bater o martelo e concluir a venda.

CAPÍTULO 21

O SEMBLANTE DO SARGENTO TROVÃO ESTAVA resignado e triste quando ele e o major Martin foram conversar com o avô de Emilie, depois da venda. No pátio, não havia mais cavalos, e os compradores já tinham ido embora. Albert e os outros se reuniram em torno de mim, lastimando-se e tentando confortar Albert.

– Não fique assim, Albert – disse um deles. – Poderia ter sido pior. Mais da metade dos cavalos foi parar nas mãos do açougueiro. Além disso, sabemos que o velho fazendeiro não vai fazer nenhuma maldade com Joey.

– Como você pode ter tanta certeza? – perguntou Albert. – Quem disse que ele é fazendeiro?

– Eu ouvi parte da conversa que ele teve com o velho Trovão. Ele disse que tinha uma fazenda no vale e que, se dependesse dele, Joey nunca mais precisaria trabalhar. Também falou sobre uma garotinha chamada Emilie, ou coisa parecida, mas não entendi nem metade do que ele disse.

– Não sei o que pensar – confessou Albert. – Ele parece ser louco de pedra. "O cavalo é da minha Emilie." Não foi isso o que ele disse? Se Joey é de alguém, é do exército. E, se não é do exército, é meu!

– É melhor que você mesmo fale com ele, Albert – disse outro soldado. – Esta é a sua chance. Ele está vindo para cá junto com o major e o velho Trovão.

Albert estava ao meu lado, com o braço debaixo do meu focinho e a mão estendida para me fazer cócegas atrás da orelha, como eu gostava, mas, quando o major se aproximou, ele me largou, ficou em posição de sentido e bateu continência.

– Senhor, se me permite – disse ele –, quero lhe agradecer. Sei que a ideia foi sua. Muito obrigado. Não conseguimos, mas pelo menos tentamos.

– Do que você está falando? – perguntou o major Martin. – Do que ele está falando, sargento?

– Não faço ideia, senhor – disse o sargento Trovão. – Eles são assim, os rapazes de fazenda. São criados com sidra em vez de leite, e isso lhes sobe à cabeça. É verdade, senhor.

– Senhor, se me permite – continuou Albert, perplexo com a frivolidade do sargento –, eu gostaria de falar com o francês que comprou o meu Joey. Quero saber mais a respeito dessa Emilie.

– É uma longa história – disse o major Martin, e virou-se para o velho. – Por que não conta você mesmo, *monsieur*? Esse é o rapaz sobre quem estávamos falando, o rapaz que foi criado com o cavalo e que veio para a França só para procurá-lo.

O avô de Emilie olhou duramente para Albert por baixo das sobrancelhas brancas. Então, sua carranca se desfez num sorriso, e ele estendeu a mão. Embora estivesse surpreso, Albert estendeu a mão e o cumprimentou.

– Bom, meu jovem, eu e você temos muito em comum. É verdade que sou francês e você é inglês. Eu sou velho e você é apenas um garoto. No entanto, compartilhamos o mesmo amor por esse cavalo. O oficial disse que, na Inglaterra, você era fazendeiro, como eu. Não existe trabalho mais digno. Falo isso apoiado na experiência dos meus anos de vida. O que você cria em sua fazenda?

– Ovelhas, senhor, mas também temos bois de corte e alguns porcos – disse Albert. – E plantamos cevada.

172

– Então foi você que o treinou para ser um cavalo de fazenda? – perguntou o velho. – Parabéns, filho. Você fez um ótimo trabalho. Sei que você não está entendendo nada. Vou explicar antes que me pergunte. Esse cavalo e eu somos velhos amigos. Ele veio morar conosco logo depois que a guerra começou. Os alemães o capturaram e o trouxeram para puxar a carroça hospitalar da linha de frente até o hospital. Ele veio junto com um maravilhoso cavalo negro lustroso, e os dois moraram durante algum tempo em nossa fazenda, que ficava perto do hospital de campanha alemão. Minha netinha, Emilie, gostava muito deles e os amava como se fossem da família. Essa era a única família que ela tinha, pois a guerra havia levado os seus pais e seu irmão. Os cavalos viveram conosco por cerca de um ano, eu acho. Bom, não importa. Os alemães foram gentis e, quando foram embora, deixaram os cavalos, de modo que eu e Emilie ficamos cuidando deles. Então os alemães voltaram, mas eram outros soldados, menos gentis do que os primeiros. Eles precisavam de animais para puxar os canhões e levaram os nossos cavalos. Não pudemos fazer nada. Depois disso, minha Emilie perdeu a vontade de viver. Ela já era uma criança doente, mas, depois que mataram a sua família e levaram a sua nova família, ela desistiu de tudo. Foi definhando, definhando, até que morreu no ano passado. Tinha apenas 15 anos. Antes de morrer, ela me fez prometer que eu acharia os cavalos e cuidaria deles. Fui a muitos leilões de cavalo e nunca encontrei o cavalo negro, mas agora eu finalmente encontrei um deles e vou levá-lo para casa e cuidar dele.

O velho se apoiou pesadamente na bengala com as duas mãos e falou devagar, escolhendo as palavras:

– Soldado, você é fazendeiro e sabe que nós, fazendeiros, sejamos ingleses, franceses ou até mesmo belgas, jamais nos desfazemos das nossas coisas. Somos pobres. Temos que sobreviver, não é verdade? O major e o sargento me disseram que você ama demais esse cavalo e que fez de tudo para comprá-lo. Acho que foi uma atitude nobre. Minha Emilie teria aprovado. Acho que ela compreenderia o que estou prestes a fazer. Estou velho. Como vou cuidar de um cavalo? Ele não pode simplesmente ficar engordando nos campos até morrer. Além do mais, daqui a algum tempo, eu vou estar muito velho para cuidar dele, de qualquer maneira. E, se eu bem me lembro, ele gosta de trabalhar. Então, como se diz? Tenho uma... proposta para lhe fazer. Eu vou vender o cavalo de Emilie para você.

– Vender? – disse Albert. – Mas eu não tenho dinheiro para comprá-lo. O senhor deve saber disso. Eu e os meus colegas só conseguimos juntar vinte e seis libras, e o senhor pagou vinte e oito. Como vou comprar o cavalo?

– Você não está entendendo – disse o velho, reprimindo uma risadinha. – Não está entendendo mesmo. Vou lhe vender o cavalo por um *penny* e uma promessa solene. Você tem que me prometer que vai amá-lo tanto quanto Emilie o amou e que vai cuidar dele até o fim de seus dias. Além disso, você tem que me prometer que vai contar a todos a respeito de minha Emilie, para que saibam que ela também cuidou de Joey e do cavalo negro. Veja bem! Eu quero que a minha Emilie viva no coração das pessoas. Devo morrer logo, em alguns anos, não mais do que isso. Quando eu partir, Emilie será esquecida. Não tenho parentes que possam guardar a sua lembrança. Ela se tornará um nome gravado numa lápide que ninguém vai ler. Peço a você que conte aos seus amigos ingleses sobre a minha Emilie. De outro modo, vai ser como se ela nunca tivesse existido. Você seria capaz de fazer isso por mim? Aceita a minha proposta?

Albert não disse nada, pois estava comovido demais para falar. Ele simplesmente estendeu a mão para fechar o negócio, mas o velho ignorou o gesto, colocou as mãos nos ombros de Albert e o beijou nas duas faces.

– Obrigado – disse o velho. Ele se virou e cumprimentou cada um dos soldados da unidade. Depois veio até mim, mancando: – Adeus, meu amigo. – Deu-me um beijo suave no focinho. – Esse é da Emilie – disse, e saiu. Tinha dado apenas alguns passos quando parou. Virou-se, balançando a bengala com um sorriso maroto, e disse: – Então é verdade que vocês, ingleses, conseguem ser mais avarentos do que nós. Onde está o meu *penny*?

O sargento Trovão tirou um *penny* da caixa de metal e o deu a Albert, que foi correndo entregá-lo para o avô de Emilie.

– Vou guardar esse dinheiro com muito carinho, pelo resto de minha vida – disse o velho.

Então, naquele Natal, voltei para casa com Albert me cavalgando até o vilarejo, onde fomos recebidos pela banda de Hatherleigh e pelo badalar eufórico dos sinos da igreja. Fomos recebidos como heróis conquistadores, mas sabíamos que os verdadeiros heróis não tinham voltado. Eles jaziam na França, junto com o capitão Nicholls, Topthorn, Friedrich, David e a pequena Emilie.

Albert casou-se com Maisie Cobbledick, mas acho que ela nunca gostou de mim, e, para ser sincero, eu também nunca gostei dela. Sentíamos ciúme um do outro. Voltei a trabalhar nos campos com a minha querida Zoey, que parecia imune à velhice e ao cansaço. Albert retomou a sua vida de fazendeiro e continuou tocando o sino da igreja. Ele tinha voltado a falar comigo sobre assuntos variados, sobre o pai, que estava envelhecendo e que me idolatrava tanto quanto idolatrava os netinhos, sobre os caprichos do tempo e dos mercados e, é claro, sobre Maisie, cujas tortas eram tão saborosas quanto ele havia dito. No entanto, por mais que eu tentasse, nunca consegui comer as suas tortas, e, quer saber, ela também nunca me ofereceu.

Este livro foi composto na fonte Meridien e impresso
pela gráfica Printi, em papel Lux Cream 70 g/m², para a
Editora WMF Martins Fontes, em setembro de 2024.